C'était mieux après

Anne-Sophie Loriot

ISBN : 9 798 868 432 453

© Anne-Sophie Loriot
Dépôt légal mai 2023
Tous droits de reproduction, d'adaptation et de traduction, intégrale ou partielle, réservés pour tous pays.
L'auteur est seul propriétaire des droits et responsable du contenu de ce livre.

Du même auteur :

Un monde pas parfait – 2021
Elle voulait simplement déjeuner en paix – 2022
Rendez-vous à l'aveugle – 2023

Combien d'amours ratés par heure ?
Combien d'instants loupés par peur
Parce qu'on ne se sent jamais prêt ?
À tout remettre au lendemain
Les mots, les courriers ou les trains
On devient nos propres barrières

À force de trop hésiter
À force de tout éviter
L'occasion va passer
On s'empêche d'avancer

Finalement une fois qu'on l'a fait
On s'est aperçu qu'en effet
C'était mieux après.

Paroliers : Calogero Maurici

Prologue

Que serait ma vie sans elles ? Elles font partie de mon quotidien depuis une bonne vingtaine d'années. On en a vécu des choses ensemble : les années collège, l'obtention du bac, nos premiers chagrins d'amour, le passage du code et du permis (qui a été plus ou moins long à avoir pour certaines), les années lycée, nos premiers jobs qui nous ont permis d'avoir nos voitures puis nos apparts, des disputes (forcément, au vu de nos caractères), nos premiers vrais amours, et bien sûr les mariages et notre équipe de handball ! Pardon, les sept enfants que nous avons eus à nous quatre réunies. Enfin, ce sont surtout elles qui les ont mis au monde. Mais je les considère comme mes bébés… même si certains ont bien grandi aujourd'hui. Voilà pourquoi je tiens personnellement à vous les présenter pour que vous sachiez à qui vous avez affaire .

Margaux : 37 ans et demi (elle y tient) /1,72 m/72 kg. Brune aux cheveux longs et aux yeux marron. Artisan fleuriste à son compte. En concubinage avec Malik El Merah depuis quinze ans. Deux enfants, un garçon, Naïm, et une fille, Capucine. Sa principale qualité : son franc-parler. Son principal défaut : son franc-parler.

Vanessa : 37 ans/1,58 m/69 kg. Petite blondinette aux cheveux mi-longs bouclés. Ses yeux bleus m'ont toujours fascinée. Expert-comptable. Mariée avec

Théodore Ronchois (Théo pour les intimes) depuis quinze ans. Trois enfants : un garçon, Tom, et deux filles, Eden et Adèle. Sa principale qualité : sa positivité. Son principal défaut : sa positivité – oui, ça peut être agaçant parfois.

Charlotte : 36 ans/1,65 m/72 kg. Cheveux mi-longs châtains aux yeux verts. Commerciale dans le paramédical. Mariée à Maxime Delalandre depuis dix ans. Maman de jumeaux : Hippolyte et Edgar. Sa principale qualité : généreuse, et pas que financièrement. Elle l'est dans tout son être. Son principal défaut : secrète, garde tout pour elle, ne se dévoile jamais trop.

Nous vivons à deux cents à l'heure, nos vies sont super remplies, mais je ne peux pas me passer d'elles. Malgré des agendas surchargés et des vies qui ont pris, par certains aspects, des chemins différents, nous sommes restées très soudées, et heureusement, car l'histoire qui suit va complètement bouleverser notre équilibre personnel et celui de notre groupe.

Si vous me demandiez quelle est ma préférée, je vous poserais la question suivante : lequel de vos frères ou sœurs préférez-vous ? Eh bien voilà, je ne peux pas vous répondre, car je les aime toutes, différemment sûrement, mais je les aime et on se complète bien. Mes bichettes.

Ah, j'oubliais, moi, c'est Lalie.

Chapitre 1

Lalie

Aujourd'hui, une trente-sixième étoile vient s'ajouter au-dessus de mes épaules et marque ainsi cette journée spéciale pour moi… c'est mon anniversaire ! D'ailleurs, je trouve que c'est vraiment plus élégant d'avoir trente-six étoiles à son actif, que trente-six balais, piges, berges ou autres… Et puis, j'ai toujours la tête tournée vers la Voie lactée !

J'ai convié pour l'occasion mes meilleures amies : Charlotte, Vanessa et Margaux ainsi que leurs conjoints et leurs progénitures, puis Eugénie, ma voisine septuagénaire, qui me rend beaucoup de services, réception de colis en mon absence, garde de Salem, mon adorable maine coon, quand je pars en week-end. Ma collègue est venue également avec son nouveau jules dont elle me parle depuis des semaines.

Pour ce qui est de la famille, c'est bien simple, je suis seule, ou presque : ma mère nous a quittés il y a quinze ans maintenant, à la suite d'un accident de voiture. Elle a laissé un vide énorme dans ma vie. J'avais vingt et un ans à l'époque. Durant cette période, j'ai eu la chance d'avoir mes amies pour m'aider à surmonter cette douloureuse épreuve. Mon père s'est fait la malle avec une quadra, moins d'un an après, vendant la maison familiale et déménageant à cent kilomètres de chez moi. Il a, par la même occasion, renoncé à son rôle de paternel, il est parti sans se retourner, ou presque, préférant retrouver une nouvelle jeunesse, pensant que je pouvais être autonome financièrement et libérée de tout soutien. À croire que, selon lui, son départ n'entraînerait aucune répercussion sur ma vie !

Néanmoins, nous nous téléphonons une fois par mois, quelques minutes qui semblent s'étirer comme un élastique, avant de raccrocher sur un clac, un malentendu, des non-dits, une mauvaise communication.

Du côté maternel, j'ai bien un oncle qui vit à Angers et une tante à Bordeaux. Et donc quelques cousins et cousines que je côtoie deux à trois fois par an. Serge, mon père, étant fils unique, le tour est vite fait.

Je garde la principale, mon dernier pilier familial pour la fin, la meilleure : il s'agit de ma grand-mère maternelle adorée. Depuis quelques années maintenant, chaque semaine, je vais lui rendre visite à la résidence, pour ne pas dire l'Ehpad, où elle est prise en charge. Je profite de ce moment pour la cajoler, la chérir, autant qu'elle l'a fait avec moi quand maman nous a quittées. L'équipe soignante s'occupe très bien d'elle, mais j'ai pour habitude de prendre soin de ses mains, de les masser avec de la crème à l'eau de rose. Ses mains, c'est tout pour elle. Elle dit toujours que l'apparence des mains d'une femme en dit long sur sa personnalité. Ces visites me rendent paradoxalement triste et heureuse. Parfois, elle me confond avec ma mère, d'autres fois, elle me raconte son enfance, puis son grand amour : mon grand-père. Le plus difficile, c'est quand elle me supplie d'abréger ses souffrances afin qu'elle puisse rejoindre au plus vite son mari et sa fille, oubliant que je suis sa petite-fille.

Je me sens maintenant un peu comme orpheline. Je ne suis pas triste, loin de là, quatre-vingt-huit ans, c'est un bel âge. Mamie-Line ne s'est tout simplement pas réveillée, il y a trois semaines. Elle a eu une belle vie et je suis certaine qu'elle faisait un doux rêve et qu'elle a voulu y rester. La vie est parfois bien plus difficile à affronter que de rester dans ses songes.

Je n'ai pas vraiment le temps de me laisser aller, d'autant plus que je viens de réaliser que ma vingtaine d'invités sera là d'ici deux heures et qu'il y a presque autant d'enfants que d'adultes ! Où vais-je bien pouvoir caser tout ce petit monde ? Quelle idée aussi d'avoir autant d'enfants ! Je les adore, évidemment, mais ça prend de la place, ces petites bêtes-là. J'espère que tous vont rentrer dans mon jardinet, que j'ai réaménagé pour l'occasion. Thème de la soirée : Guinguette chic ! Il ne faut pas se méprendre, tout se fera dans une ambiance décontractée, « à la bonne franquette » !

Les familles Ronchois et Delalandre arrivent les premières. Vanessa et Charlotte, les bras chargés comme des mulets, apportent amuse-bouche, salades composées et mignardises pour le dessert. Je rêve secrètement que Charlotte ait fait ses fameuses pavlovas, elles sont à se taper les fesses par terre. Il faut dire qu'elles connaissent mes talents désastreux de cuisinière, alors quand elles ont proposé de m'aider, je n'ai certainement pas décliné l'offre. Théo et Maxime, vêtus d'un tablier et pince à saucisses en main, sont préposés au barbecue, ils me font trop rire. Ils se prennent pour de vrais chefs !

— Les braises sont prêtes, qu'on nous apporte la bidoche, femmes ! s'exclame Théo.

— Quel accueil, tu peux toujours te brosser, Théo ! Tu as deux jambes et je crois bien que le frigo est dans la cuisine, dit Margaux en lui faisant deux bises sonores.

À vingt et une heures, Margaux arrive en bonne dernière, et son franc-parler n'échappe à personne. Malik et les enfants sont venus un peu plus tôt, en même temps qu'Eugénie. Margaux et Théo ne communiquent que par piques, mais s'adorent. Elle m'embrasse chaleureusement et m'offre un magnifique bouquet de pivoines, mes fleurs préférées. Elle a dû confectionner ce bouquet juste avant de fermer sa boutique, les tiges sont encore gorgées d'eau. Je suis scrupuleusement les instructions qu'elle me donne et les plonge dans un grand vase, puis les expose fièrement sur la table de la cuisine. Il y a un petit vent agréable, mais frais, qui pourrait abîmer les pétales, alors je préfère les mettre à l'abri.

La soirée défile à toute vitesse, les brochettes sont parfaitement cuites et les salades excellentes, Eugénie a apporté une terrine de thon et une mayonnaise maison que les jumeaux ont dévorée. J'ai réussi à me servir avant qu'ils n'attaquent le bol avec du pain.

Ce sont des yeux embués de larmes que je pose sur eux, au moment de souffler mes bougies ; les années passent, les étoiles au-dessus de mes épaules aussi, mais elles sont toujours là, mes piliers. Ce soir ne fera pas exception, malgré les vies trépidantes que nous avons tous. Elles sont là. Je suis comblée, gâtée, entre rires et larmes, la soirée se poursuit jusque tard dans la nuit. Le temps est incroyablement doux pour cette fin avril. Je suis ravie d'observer tout ce petit monde s'amuser. Ils sont ma famille. Pas celle du sang bien sûr, mais celle que j'ai choisie, celle du cœur, et c'est bien mieux ainsi.

Une fois Eugénie et ma collègue parties, nous nous retrouvons toutes les quatre sur la terrasse avec un dernier verre de vin à la main. Les plus jeunes enfants se sont endormis, les plus grands ont récupéré leur portable et les hommes terminent leur partie de Mölkky. Nous rions de les voir ainsi.

Le lancer de bâton pour atteindre les quilles n'est déjà d'ordinaire pas évident, mais avec quelques grammes en plus dans le sang, ça l'est encore moins. Nous laissons libre cours au débrief de nos vies, du boulot, des enfants, de nos envies. Nous refaisons le monde, le temps que les derniers points soient marqués et que la belle soit remportée.

Chapitre 2

Vanessa

— Théo ! Finis cette bière, s'il te plaît, on y va ! Il est deux heures du mat' ! Les grands sont dans la voiture, il ne reste plus qu'Adèle à attacher dans son rehausseur.

— Tu peux parler, chérie, j'attends que tu daignes terminer ton verre de rosé et arrêter de bavacher avec tes copines depuis trente minutes ! Je me desséchais, Maxime s'en est aperçu et il est venu me sauver en m'apportant une bière ! J'arrive, deux secondes…

— Théodore, André, Robert Ronchois ! C'est maintenant !

— Oula ! quand j'ai le droit à l'acte de naissance complet, là, il faut y aller. Sinon je vais finir la nuit sur le canapé. Bisous, les mecs…

Bien sûr, il m'attendait, ça va être de ma faute, maintenant. Il s'en fiche royalement que je travaille demain matin, ou plutôt dans quelques heures. J'ai fait un effort surhumain, ou presque, pour Lalie, je déteste sortir le vendredi soir ! Non pas que je sois un ermite, mais seuls ceux qui bossent le samedi matin peuvent comprendre. Elle le sait et m'a suffisamment remerciée avec des câlins et des bisous.

J'avoue que je n'ai pas vu passer la soirée, nous ne nous étions pas retrouvées avec les filles depuis au moins trois semaines. Même si nous échangeons régulièrement par WhatsApp, ce n'est pas pareil. Et pour une fois, les enfants se sont bien entendus ; Lalie avait prévu le coup avec quelques jeux en bois. Un tournoi de Mölkky s'est mis en place entre les grands, filles contre garçons, pas facile la préadolescence. L'âge de nos enfants s'étale sur une décennie, de trois ans pour Adèle, à treize ans pour Naïm. Ça fait vraiment plaisir de les regarder jouer ensemble sans chamailleries et surtout sans qu'ils aient de portable ou de tablette dans les mains. Un miracle.

Théo n'est pas en mesure de conduire et s'endort au bout de quelques kilomètres. Ce n'est pas trois, mais quatre Ronchois que je vais devoir sortir de la voiture et coucher ! Je prie pour qu'Adèle ne se réveille pas et ne me réclame pas un biberon de lait avec un peu de miel. J'ai un rendez-vous important avec un client demain matin, je dois avoir les idées claires. J'aimerais dormir au moins cinq petites heures, c'est juste le temps nécessaire pour être au top. Cette négociation dure depuis quelques mois, j'espère que nous signerons enfin. Je conçois que ce n'est pas évident de changer de comptable, mais avec toutes les propositions que je lui ai faites pour améliorer son bilan et avoir une meilleure rentabilité de son entreprise, ce client devrait me remercier !

Toute la maisonnée est couchée, je profite du calme dans ma salle de bains et prends malgré tout le temps de me démaquiller, de me laver les dents, de me tartouiller de crèmes antirides puis anti-âge, et de choisir mes vêtements du lendemain. Une fois pelotonnée sous la couette, j'essaie de trouver le sommeil en vain, la bouche de Théo est entrouverte et laisse échapper un léger sifflement qui m'empêche de m'endormir. Mon cerveau divague, je ressasse les propos de Charlotte, car elle ne s'épanche jamais, la fatigue et l'alcool ont dû aider à fêler sa carapace. Je repense aux interrogations de Margaux qu'on ne pouvait plus arrêter. Et la folie que nous venons de faire. Il vaut mieux que j'attende la fin du week-end pour en discuter avec Théo.

Je ne sais pas comment il va le prendre, mais tant pis. Ce qui est fait est fait. Plus moyen de faire machine arrière. En tout cas, je suis trop contente, j'ai hâte, ça va être super. Et au pire, ça nous fera des souvenirs.

Chapitre 3
Charlotte

Je jette un rapide coup d'œil à mon radio-réveil qui m'indique qu'il est 7 h 30… La nuit a été courte. Je me souviens vaguement d'avoir lu 3 : 00 quand nous nous sommes couchés, et après avoir gentiment repoussé Maxime qui devenait un poil trop entreprenant avec son haleine qui refoulait les abus de la soirée.

J'attrape mon smartphone pour finir d'émerger tranquillement. Il m'a vaguement semblé entendre quelques notifications de mail. Je ne me suis pas trompée… Plusieurs d'entre elles me laissent perplexe ! Je me retourne et constate que Maxime dort toujours à poings fermés. Il a ronflé une bonne partie de ma courte nuit.

Maxime… Il a encore fait le show et montré tous ses talents : tantôt chef cuistot, tantôt animateur pour enfants puis DJ et chanteur. Je ne supporte plus ses excès, il le sait, nous avons déjà discuté longuement du sujet. À croire qu'il ne m'écoute pas quand je lui parle, à presque quarante ans, il est temps de grandir. Il amuse la galerie, tout le monde trouve cela drôle et je passe pour la mégère à le reprendre en public, alors, je ne dis plus rien. Il ne comprend pas que chanter du Johnny Hallyday à tue-tête en duo avec Théo, en se servant d'une bouteille de champagne comme micro, le tout complètement débraillé, ce n'est pas marrant. Enfin pour moi, ce n'est plus drôle… il oublie qu'il est père de famille, qu'il doit montrer l'exemple à ses enfants.

Je ne l'empêche pas de s'amuser, et je ne serais pas crédible, car je ne suis pas la dernière pour apprécier un bon verre de vin, mais je sais garder le contrôle. Et puis mon quotidien avec lui est tellement différent de ce qu'il reflète en public que cela en est risible. Il est tactile et attentionné, alors qu'à la maison, je fais partie des meubles.

J'hésite : est-ce que j'essaie de replonger dans les bras de Morphée ou est-ce que je me lève ? Tout bien réfléchi, je vais profiter du fait que les jumeaux dorment encore pour simplement déjeuner en paix.

À peine ai-je posé les deux pieds au sol qu'un mal de tête me rappelle les abus de la veille ! Cette migraine qui pointe le bout de son nez me confirme que la soirée d'anniversaire de Lalie a été arrosée, et que le rosé corse a coulé à flots. Pourtant, je me souviens en avoir pris seulement trois ou quatre verres. LE ROSÉ CORSE… les notifications… mon Dieu ! je commence à comprendre…

Chapitre 4
Margaux

Il n'y a pas un chat ce matin, c'est la fin du mois, les gens sont déjà à découvert depuis le quinze, alors qui aurait envie d'acheter des fleurs ? J'ai ouvert il y a trois heures et personne n'a encore poussé la porte de la boutique. Pourtant, il n'y a rien de tel qu'un joli bouquet pour égayer sa journée, pour celui qui offre comme pour celui qui reçoit.

J'ai quelques bouquets d'œillets à confectionner, mais je n'ai aucune motivation. Je crois que moins je vais en faire aujourd'hui, moins j'aurais envie de m'y mettre. Mon père dirait : « Fais-en moins, mais fais-le bien ! » Je pense que je vais être capable de ne rien faire et de le faire bien ! Je touille mon deuxième café encore et encore, en repensant à la soirée d'hier.

Comment avons-nous pu prendre une telle décision, à une heure aussi avancée de la nuit, alors que nous étions aussi éméchées ? Nous sommes des femmes raisonnables, mais quand c'est Lalie qui nous lance ce genre de défi, on se laisse facilement embobiner. Quand j'y repense, je n'en reviens toujours pas. Oh et puis on n'a qu'une vie ! C'est la première fois que je vais fermer boutique en sept ans. Et je crois que c'est un signe. Je suis épuisée. Je ne peux plus voir les fleurs en peinture, et encore moins les clients qui sont toujours plus arrogants, exigeants, chiants et tout autre qualificatif se terminant en « ant ». Heureusement, les habitués et quelques autres sont vraiment adorables et me donnent finalement envie d'ouvrir le lendemain après une bonne nuit de sommeil.

Il faut que j'envoie un message aux filles pour être bien

certaine que je n'ai pas rêvé.
 Ah, tiens ! Charlotte a dégainé plus vite que moi.

Chapitre 5

Groupe WhatsApp : Les Bichettes

Charlotte : On a bien fait ce que mes mails me confirment ce matin ?!
Margaux : Les grands esprits se rencontrent, j'étais en train de vous écrire un message ! On était encore toutes en pleine possession de nos moyens quand nous l'avons fait ? Rassurez-moi !
Vanessa : Je suis trop contente, j'ai trop hâte. J'ai prévu d'en parler à Théo dès ce soir. Il va falloir qu'il digère la nouvelle et qu'on s'organise pour les enfants.
Charlotte : Oh purée, les gosses ! Je me demande comment je vais faire. On est d'accord qu'ils ne peuvent pas encore se garder tout seuls à onze ans ?
Margaux : Mais pourquoi la Corse ? Quelqu'un connaît cette île ?
Lalie : Je confirme qu'on était toutes d'accord. Pas moyen de faire marche arrière. Je crois que c'était une question de passeport. C'est la France, une carte d'identité suffit. Vanessa voulait de la chaleur, Charlotte du dépaysement, Margaux de la nature. J'ai proposé, et voilà ! Dans moins d'un mois, nous serons bien toutes les quatre en Corse !
Charlotte : Ah, la vache ! On est hyper bien organisées, en moins d'une heure, nous nous sommes toutes mises d'accord, nous avons réservé les vols et la location du véhicule ! Et pour le logement ? Mais dites-moi, pourquoi c'est moi qui ai reçu les mails de confirmation ?
Vanessa : Parce que c'est toi qui as dégainé ta carte Gold en premier, en nous disant qu'elle avait les assurances nécessaires, blablabla !!!

Margaux : D'ailleurs, tu nous diras combien on te doit.
Lalie : Pour le logement, je suis une adepte du Airbnb. Je dégote toujours des trucs incroyables. J'effectue quelques recherches et vous tiens informées rapidement. Je suis d'ailleurs étonnée que vous ayez toutes dit oui aussi rapidement pour cette escapade entre filles, sans maris ni enfants !

Chapitre 6
Vanessa

On dirait que tous les astres sont alignés, le client a enfin signé le contrat qui stipule que notre société devient son nouvel expert-comptable. Je ne veux pas me jeter des fleurs, mais si c'est signé, c'est un peu grâce à moi… oh et puis non, c'est totalement grâce à moi ! Cette « victoire » m'a mise en confiance, je suis prête pour l'autre négociation qui m'attend. Je prépare le terrain avec un apéritif dînatoire, j'aime les samedis soir à la maison, tranquille avec mes trois tornades :

— L'apéro est servi !

À peine ai-je prononcé ces mots que Tom, Eden et Adèle rappliquent. Théo finit de bricoler dans le garage, il a investi dans des étagères. Il a terminé de les monter et a commencé à faire du tri et à ranger, il a même prévu un espace buanderie. Celui dont je rêve depuis la naissance de Tom. Mieux vaut tard que jamais ! Comme quoi, tout arrive ! Il fallait juste être patiente, en tout cas, je suis ravie du résultat. Il travaille bien, mon amoureux !

Je lui sers son whisky préféré avec un glaçon pendant qu'il se lave les mains. Je trinque avec les enfants qui ont déjà englouti une bonne partie des chips et les rondelles de concombre que j'avais apportées sur la table. Heureusement, j'ai mis de côté les autres toasts.

Théo s'installe enfin à mes côtés sur le canapé, saisit son verre, me sourit puis me jette un regard suspect.

— Annonce la couleur ! Tu as encore abîmé la voiture ? Où est le constat ?

— Pas du tout, chéri, pourquoi tu dis ça ?

— Il est à peine dix-neuf heures et l'apéro est déjà

servi. Avec les petits plats dans les grands, tu as quelque chose à me dire ?

— Bonne déduction ! C'est fou comme tu me connais bien ! Alors hier avec les filles…

— Ah ! Les filles !!! Si elles sont concernées, je dois m'attendre à tout, donc !

— Après avoir raconté nos misères du quotidien, Lalie nous a lancé un défi ! Enfin, elle nous a plutôt fait une proposition, mais on peut le prendre comme un défi. Tout est une question de point de vue, n'est-ce pas ?

— OK ! Je peux boire une gorgée de ce tourbé pur malt avant que tu m'en dises plus ? Ça sent l'embrouille à plein nez, cette histoire. Vous êtes incapables de dire non à Lalie, alors je dois m'attendre à tout et n'importe quoi.

— Bon, je ne vais pas y aller par quatre chemins, alors voilà, nous avons décidé de partir en Corse…

— Ah ! C'est une super idée, chérie. Pour cet été, ça va être chouette, une belle colonie certainement, mais ça peut être sympa.

— Tu ne m'as pas laissée finir… Tu, enfin, VOUS ne faites pas partie de l'équation. Nous ne partons que nous quatre : Charlotte, Margaux, Lalie et moi, sans maris ni enfants. Nous avons déjà réservé le vol, le départ est dans un peu moins d'un mois. Nous partons pendant le pont de l'Ascension.

— Je me disais bien qu'il y avait un loup là-dedans. Et niveau organisation, avec les enfants, tu comptes faire comment ?

— Je compte faire comment ? Sérieux, Théo, ce sont aussi tes enfants. Et pour ta gouverne, ils font également le pont, il n'y a pas école le vendredi. Le jeudi étant férié, le vendredi a déjà été « rattrapé », ils ont donc cinq jours de petites vacances. J'avais posé mon vendredi pour pallier, mais prise dans l'euphorie de la soirée, j'ai dit que je faisais déjà le pont et que bien sûr j'étais partante.

— Oui, mais moi, je travaille !

— Eh bien, pour une fois, tu vas poser une RTT. Tu dis que tu ne les vois pas grandir, que tu aimerais passer plus de temps avec eux. C'est l'occasion, non ? Tu peux aussi prendre ton mercredi ou ils vont chez mes parents comme d'habitude ? Et il ne restera qu'à les déposer à l'école lundi matin, je serai de retour pour la sortie.

— Exagère pas non plus, je ne prendrai pas le mercredi. Et je vais voir ce que je peux faire pour le vendredi.

— Ah non ! Moi, je sais très bien ce que tu vas faire, car quoi qu'il arrive, MOI, je pars en Corse.

Chapitre 7

Groupe WhatsApp : Les Bichettes

Lalie : J'ai vraiment trop hâte, les filles, ça va être génial...
Margaux : Qui a une valise à me prêter ?
Vanessa : Pour rappel, les filles, nous n'avons qu'un bagage à main : une valise cabine, dimension 55*40*20, avec une limite de 10 kg !
Margaux : Effectivement, je n'ai pas ça en stock !
Charlotte : Je dois avoir ça dans le garage, la dernière fois qu'on s'en est servi, cela devait être pour notre voyage de noces !!!
Margaux : Pour ne pas emporter des trucs en double, je propose de prendre une trousse de secours, médicaments, etc. Je compte sur toi, Vanessa, pour les produits de beauté, crème solaire, sèche-cheveux, etc.
Vanessa : Pourquoi moi ?
Lalie : Parce que tu es la plus équipée de nous toutes...
Margaux : MDR, c'est tellement calme ce matin que je commence à faire une *check-list* mentale de ce que je vais prendre !
Lalie : Maillot de bain obligatoire ! J'ai une surprise pour vous... peut-être même plusieurs...
Vanessa : J'ai trop hâte de savoir... tu as trouvé une super villa avec piscine à débordement avec vue sur mer ?
Vanessa : Un chef cuisinier pour nous faire à manger du matin au soir ?
Lalie : Motus et bouche cousue, je ne vous dirai rien, même sous la torture. Mais en tout cas, j'ai trouvé un

petit truc sympa.
Margaux : Quelqu'un peut me redonner les horaires des vols ! Svp ! Et c'est quelle compagnie, déjà ?
Charlotte : Alors, la compagnie, c'est Volotea.
Départ Caen-Carpiquet, embarquement dès 7 h 20, fermeture des portes à 7 h 50, décollage 8 h 15. Arrivée à Figari 10 h 25.
Vanessa : Ah cool, on va pouvoir profiter dès le 1er jour !
Margaux : Yes. Et le retour ?
Vanessa : Oh, ne parle pas de retour, malheureuse, on n'est pas encore parties !
Charlotte : Retour Figari 11 h 05/Caen 13 h 15 ! Je n'ai pas d'autres infos, le vol n'est pas confirmé pour le moment !
Margaux : Merci, bichette.
Lalie : De toute façon, on se voit bientôt pour tout finaliser !
Charlotte : No problemo ! On se redit quoi. Bisous.

Chapitre 8

Lalie

Ce soir, je retrouve les copines, que je n'ai pas revues depuis la soirée « guinguette » de mon anniversaire. Le départ pour la Corse est prévu dans quatre jours et nous voulions refaire un point sur ce voyage. Ce n'est pas comme si nous avions échangé presque H24 sur le groupe ces derniers jours ! Nous sommes toutes excitées comme des puces à l'idée de partir entre filles, comme quand nous étions tout juste majeures et que nous étions parties une semaine en Bretagne dans la maison des grands-parents de Margaux. Une semaine de pluie en plein mois de juillet. Nous avions dégoté un jeu de cartes au fond d'un tiroir et avions fini toutes nos soirées ivres de cidre en jouant au Uno.

Malgré les circonstances, je suis encore sous le choc, mais surexcitée par ce voyage qui nous attend. En effet, un peu plus tôt aujourd'hui, je me suis rendue chez le notaire pour la lecture du testament de Mamie-Line. J'avais reçu une convocation quelques jours auparavant. J'y ai retrouvé mon oncle, Benoit, et ma tante, Isabelle, le frère et la sœur de ma mère, que je n'avais pas vus depuis plusieurs mois. Ma mère, Solange, étant décédée, je représentais donc la branche de la deuxième fille de Mamie-Line.

Mamie-Line avait tout organisé et elle avait fait les choses bien, elle avait tout anticipé dans les moindres détails. Quelle ne fut pas ma surprise quand le notaire nous a déballé son patrimoine ! J'ai hérité en pleine propriété d'une maison en Corse. Quelle coïncidence ! Je n'y crois pas encore. Et puis, pourquoi moi ? Je n'ai aucun souvenir de cette maison et personne n'en a évoqué son existence devant moi.

Ma mère était très attachée à cette maison, à cette île, a priori. Benoit me raconte qu'ils y ont passé de nombreux étés et qu'ils ont des souvenirs heureux de cet endroit. Isabelle lui fait de gros yeux et tempère les dires de son frère. Les relations entre frère et sœur ne sont pas toujours faciles à ce que je vois… chose qui m'est totalement inconnue étant fille unique. Il est vrai qu'à une époque j'aurais voulu une sœur, je l'avais demandée au père Noël, au lapin de Pâques et à la petite souris. Ce n'est jamais arrivé…

Benoit me glisse à l'oreille que c'est là-bas que ma mère a connu son premier amour, qui n'est pas mon père, je suppose, vu le regard meurtrier de ma tante qui se penche pour lui chuchoter des avertissements sévères. Benoit avait créé une affinité certaine avec mon père, mais depuis son départ, son estime a grandement décliné à ses yeux. Benoit n'accepte pas sa désinvolture et mon abandon. Ma tante est moins catégorique et ne semble pas partager l'avis tranché de son frère. Qui sait ce qui a pu se passer entre ces trois-là ?

Le notaire a donc fait défiler avec un vidéoprojecteur quelques photos sur le grand mur blanc de son bureau. Ce n'est pas vraiment une maison, mais une petite villa de 100 m^2 avec piscine, bâtie sur un terrain de 600 m^2 sur la commune de Bastelicaccia. J'en tombe immédiatement amoureuse. Avec le recul, il me semble avoir vu une photo de cette demeure chez Mamie-Line.

La villa est mise en location saisonnière, gérée par une agence sur place. Les revenus qui en découlent depuis les cinq dernières années ont été bloqués chez le notaire. Ce capital est divisé à parts égales entre mon oncle et ma tante. Mamie-Line avait une retraite suffisante pour payer le loyer et ses soins de santé à la résidence, elle avait anticipé et constitué un joli patrimoine à transmettre à ses enfants et petits-enfants.

En sortant du rendez-vous, je contacte l'agence immobilière qui gère le bien pour m'assurer qu'il est disponible et j'annule la réservation que j'avais initialement trouvée pour notre voyage en Corse. Je vais laisser la surprise aux filles. Au lieu d'un petit appartement avec terrasse, nous aurons la villa, ma villa près de Porticcio. L'économie de la location du logement nous permettra de faire des extras non prévus au programme ! Mais ça, j'en garde le secret.

À seize heures, nous nous retrouvons au salon de thé à côté du magasin de Margaux. Son apprentie pourra tenir la boutique pendant une petite heure. Nous avons la chance de toutes bosser dans la même ville. Pour ma part, je suis en télétravail la plupart du temps, en tant que secrétaire médicale. Et deux fois par semaine, je me rends au cabinet pour faire de l'administratif. Ce n'est pas vraiment un travail qui m'exalte, mais il a le mérite de payer mes factures et me faire vivre. J'envie mes copines qui ont une vraie passion pour leur métier.

D'ailleurs, ces filles, je les connais par cœur et j'ai déjà passé la commande : un Perrier citron pour Charlotte, un café allongé pour Vanessa, un thé vert à la menthe pour Margaux et un expresso pour moi. Le serveur arrive en même temps qu'elles. Timing parfait !

— Alors, les bichettes, vos hommes sont contents de jouer à « Vis ma vie de maman » ? Ils se sont organisés ?

— Théo a digéré la chose, il est encore un peu

ballonné, mais ça devrait aller, ce qui m'inquiète le plus, c'est qu'il ne m'a toujours pas dit s'il prenait son vendredi ! Pour assurer mes arrières, j'ai demandé à mes parents de l'aide pour garder les enfants, au cas où ! Mais j'espère vraiment qu'il posera sa journée. Oh ! je lui fais confiance, il va gérer, et moi, je vais partir l'esprit tranquille. Non ?

— Je n'ai toujours rien dit à Maxime, je lui enverrai un SMS avant de monter dans l'avion, ou après, quand on aura atterri, je ne sais pas trop encore !

— Sérieux, Charlotte ! Tu ne vas pas faire ça ?

— Eh bien si ! Non ? Je ne devrais pas ? C'est son nouveau mode de communication depuis la soirée chez toi ! Il m'envoie son emploi du temps au jour le jour. Nous n'avons dîné qu'une seule fois en famille cette semaine. C'est un peu tendu entre nous en ce moment. Alors je ferai de même.

— Oh là là, Charlotte se rebelle ! Ça a dû chauffer après la soirée, il était en forme, le Maxou ! Et ton mari, Margaux ?

— Oui, très en forme !

— Malik a bien conscience que je suis épuisée moralement et physiquement, et il trouve que cette escapade est une bonne idée. Ma belle-mère, en bonne grand-mère algérienne, est ravie de pouvoir s'occuper à nouveau de ses petits-enfants. Elle les a déjà tous les mercredis, mais il semble que ce n'est pas suffisant… Vous vous rendez compte que je vais fermer le magasin ? Chose que je n'ai pas faite depuis son ouverture, il y a sept ans !

— Ah, sept ans ! C'est donc une année charnière, se moque Vanessa. Sérieux, sept ans sans dimanche ni congé de plus de trois jours ! Tes valises sont prêtes, en tout cas !

— Non, pas encore, pourquoi ?
— Je parlais de celles que tu as sous les yeux !
— Ah ah ! Très drôle.
— Et moi, je n'ai ni mari ni petit ami, je suis libre comme l'air. Enfin, presque, mon père m'invite au restaurant, demain…
— Oh ! Lalie, parfois je t'envie, conclut Charlotte. Enfin, pas pour le tête-à-tête avec ton père.

Chapitre 9
Lalie

Cette année ne fait pas exception, mon père m'invite au restaurant pour mon anniversaire. Nous avons réussi à caler ce rendez-vous annuel, avant mon départ pour la Corse.

Il choisit toujours ce même restaurant italien, bruyant et impersonnel. Je crois qu'il craint nos tête-à-tête. Je ne vais pas dire non plus que je les apprécie, voire que je les attends avec impatience. Tant que sa femme n'est pas là… ça me va.

Nous n'avons en commun que la couleur de nos yeux verts. Pour tout le reste, nous sommes opposés en tout, dans notre façon de voir la vie, dans nos caractères, dans nos passions. J'aime évidemment mon père, mais on dirait bien que l'expression « loin des yeux, loin du cœur » prend tout son sens dans notre relation. Il est plus investi dans les rapports qu'il entretient avec ses jeunes alternants au Greta. Il faut comprendre que son poste de directeur ne lui laisse pas une minute, ainsi que sa pimbêche de femme qui ne fait pas non plus en sorte que nous gardions de bonnes relations. D'ailleurs, je ne crois pas avoir été invitée chez eux un jour. Non, je confirme, je n'y suis jamais allée. Oui, mon père s'est remarié ! J'ai refusé d'être son témoin, c'était trop pour moi. Ils ont fait une simple cérémonie civile et un restaurant avec une dizaine d'invités. C'était suffisant, je me suis échappée à peine les assiettes à dessert desservies. Cela m'a toutefois permis de faire la connaissance d'un demi-frère plutôt sympa, mais que je ne côtoie pas.

Je crois qu'inconsciemment je lui en veux d'avoir

tourné la page si rapidement après le décès de maman et de m'avoir abandonnée. Certes, j'avais vingt et un ans, j'avais pris mon indépendance depuis une année, mais j'avais encore besoin d'un adulte, d'un pilier sur qui me reposer. Pour moi, cette adulte a toujours été ma grand-mère, maintenant, elle aussi n'est plus là.

Mon père est déjà installé à « notre table » en plein milieu de la salle. Plus je m'approche, plus la boule que j'ai dans la gorge grossit, j'ai chaud, je retire ma veste en jean avant d'arriver à sa hauteur. De plus près, je découvre un visage fatigué avec quelques rides que je n'avais pas vues la dernière fois.

— Bonjour, Papa. Désolée pour le retard.
— Bonjour, Lalie.
— J'ai commandé pour nous, comme d'habitude : une pizza quatre fromages pour toi et une calzone pour moi.

Je ne dis rien, mais je bouillonne de l'intérieur, je déteste quand il fait ça. Ce midi, j'avais envie de pâtes.

— Merci. Ça va, Papa ? Tu sembles fatigué ! Tout va bien ?
— Lalie, arrête de t'inquiéter tout le temps, je vieillis, tout simplement ! J'attends la retraite avec impatience. Ce n'est vraiment plus pour moi de former les jeunes. Je crois que je n'ai plus de patience. Encore une année à tenir et nous pourrons enfin prendre notre retraite, avec Perrine.

Mon portable sonne, le groupe WhatsApp des bichettes se remet en route. J'attrape l'objet du délit et le mets en silencieux. Mon père reprend :

— Voilà ! C'est ce que je disais !!! Plus de respect, ces jeunes. Leur téléphone sonne, et plus rien n'existe. À mon époque, il n'y avait pas ce fichu machin… on pouvait réellement discuter.

— Désolée, Papa, justement, discutons, tu savais que Mamie-Line avait une villa en Corse ?

Je change de sujet rapidement, car si je l'entends encore une fois parler de sa chère Perrine et de son projet de retraite dorée au Portugal, aux frais de mon père, je vais m'étouffer avec la pâte à pizza. Il me répond plutôt sèchement :

— Oui. Je savais.
— Tu y es déjà allé ?
— Non, jamais.
— Pourquoi ?
— Ta mère ne voulait plus y retourner.
— Pourquoi ?
— Tu as fini avec ton interrogatoire ?
— Désolée, Papa. C'est quand même dommage que vous n'y soyez jamais allés !
— C'est comme ça.

Nous mangeons notre pizza quasiment en silence. Je n'ose pas entamer un autre sujet de conversation. Pourquoi dois-je toujours être désolée auprès de mon père ? Je sature, mon estomac sature, mon self-control sature.

— Papa ?
— Oui, Lalie. Tu n'as plus faim ?
— Non, elle était énorme, comme toujours. Papa, Mamie m'a légué cette maison. J'en suis la première surprise. Je pars en Corse la semaine prochaine, pour découvrir l'île et la villa.
— Oh ! Je suppose que tu y vas avec les filles.
— Oui, évidemment, avec qui d'autre je pourrais y aller ? — Oh, désolée, tu…
— Non, Lalie, je crois que ce voyage te fera du bien.

— Cela ne fait aucun doute.
— Ta mère adorait cette île…
— Alors, pourquoi on n'y est jamais retournés ensemble ?
— …

Mon père n'a jamais répondu à ma question. Il a happé un serveur qui passait près de nous et a demandé l'addition. Avant de partir, il m'a laissé une enveloppe avec un chèque du même montant que l'an passé et des années précédentes, enfin ça, je le suppose, car je l'ai tout de suite glissée dans mon sac. Je ne suis même pas certaine qu'il remarque que je ne l'encaisse plus depuis quatre ans. Je n'aime pas sa façon de faire, une fois par an, mon père se rappelle à mon bon souvenir et reprend sa place le temps d'un repas. À une époque où j'étais dans la galère, j'ai vraiment hésité à les prendre, ses cinq cents euros, mais aujourd'hui, je ne dois rien à personne et j'en suis fière.

Il n'a jamais été un papa poule ; attention, ce n'est qu'une remarque .J'ai le souvenir qu'il a toujours été là, auprès de moi, mais pas de moment de complicité, d'histoire du soir qu'ont peu lire à un enfant avant de se coucher . Ça c'était toujours ma mère et je ne lui jette pas la pierre car, finalement, avec le recul, est-ce que ma mère lui laissait la place de le faire ? Je vois dans ses yeux qu'il y a malgré tout de l'amour entre nous.

Chapitre 10
Margaux

Il me reste à peine dix minutes avant que Charlotte, notre chauffeur du jour, ne pointe le bout de son nez avec son Touran… Son coffre est assez grand pour accueillir toutes nos valises. En partant à cinq heures de chez nous, cela nous laisse le temps nécessaire pour rejoindre l'aéroport de Caen-Carpiquet. Notre vol est prévu à huit heures, nous avons donc deux heures de battement pour réaliser toutes les formalités avant de monter dans l'avion.

Nous sommes enfin à l'aéroport, la voiture est garée. Une fois la petite photo de rigueur prise pour nous rappeler son emplacement à notre retour, nous enchaînons les étapes plus ou moins rapidement. L'enregistrement et le dépôt des bagages se font sans encombre, tout comme le contrôle douanier. En revanche, c'est une tout autre histoire quand nous nous attaquons au contrôle de sécurité et des bagages à main. Je vais vraiment finir par croire qu'elle le fait exprès… Vanessa se fait toujours remarquer. Après plusieurs passages sous le portique de sécurité, s'être délestée de certains vêtements et accessoires – d'ailleurs, elle a failli terminer en slip, j'espère qu'elle avait mis ses plus beaux sous-vêtements ! –, elle ne doit son salut qu'à un charmant agent qui lui a suggéré de changer de portique. Et là, le miracle a opéré ! Elle est passée !

Nous voilà dans la salle d'embarquement, quand soudain je suis prise d'une panique interne : je ne peux plus avancer, je ne peux plus bouger. J'ai chaud, mes oreilles bourdonnent et j'ai l'impression que mon cœur va sortir de ma poitrine.

L'avion est sous nos yeux, juste là, sur la piste, il est imposant. Les réservoirs sont en cours de remplissage, les valises sont acheminées pour être chargées en soute, le personnel de cabine ainsi que le pilote s'installent à bord.

Je ne regrette pas ma décision et je ne culpabilise pas le moins du monde d'avoir laissé mes enfants, j'ai tout simplement peur de monter dans l'avion. Je ne l'ai jamais pris de ma vie. C'est bientôt à notre tour de montrer une dernière fois nos cartes d'embarquement et nos pièces d'identité quand je balance :

— JE NE PEUX VRAIMENT PAS, les filles, je suis désolée, je ne peux pas monter dans cet avion ! Allez-y sans moi…

— Mais qu'est-ce que tu racontes ? demandent-elles en chœur.

— J'ai peur, je n'ai jamais pris l'avion. Si l'avion se crashe, si…

— Tututte, ne t'inquiète pas, bichette. L'avion est le moyen de transport le plus sûr. Et puis, tu es assise entre Lalie et moi, répond Charlotte. Je vais te donner la main et tu fermeras les yeux. Tu verras, c'est un peu comme dans *Space Mountain* ! Et sinon, il te reste la bonne vieille respiration abdominale !

— J'ai cru mourir, justement, dans cette attraction !

Poussée par les filles, je réussis à monter dans cet avion, je m'assois place 15 B et utilise la respiration du petit chien apprise lors des séances de préparation à l'accouchement qui, soit dit en passant, ne m'a aucunement servi le jour J, pour me canaliser. Et je crois bien que cela ne fonctionne pas ici non plus.

— Tu fais quoi, là, Margaux ? m'interpelle Lalie.

— Le petit chien !

— Pas sûre que ça marche, ton truc, on dirait plus un cachalot en détresse. En plus, on n'a même pas encore décollé.

— Il y a combien de temps de vol ?

— À peine le temps de faire une sieste, me dit-elle.

Lalie pense vraiment que je vais faire un petit roupillon !

Je vois bien Charlotte qui retient un fou rire, je l'ai vue également me prendre en photo, même pas discrète. C'est la spécialiste pour capturer les situations les plus embarrassantes et nous les ressortir à un autre moment moins opportun. Je me souviens encore de sa petite vidéo pour notre mariage, jamais elle n'aurait dû être ma témoin ! Elle a gardé des vieux dossiers et les a dévoilés devant toute l'assemblée : vidéo de nos karaokés à quatorze ans, une photo prise au carnaval du lycée, notre première cuite au cidre lors de nos vacances chez mes grands-parents, ma tête fraîche envoyée lors de l'accouchement de Capucine, le strip-teaseur de l'EVJF de Vanessa, et bien d'autres.

Le personnel de cabine entame une danse synchronisée décrivant les gestes de sécurité. Je vais me concentrer sur le steward plutôt canon, comme l'était le strip-teaseur ! L'avion se met en place, il avance doucement sur la piste, puis pleins gaz, mon corps et mon cœur se soulèvent. Je broie littéralement les mains de mes voisines, qui ne semblent pas perturbées, au vu du sourire qui éclaire leur visage. Elles, elles rigolent de plus belle, j'ai des bouffées de chaleur, j'ai chaud, j'ai froid, j'ai des frissons, j'ai envie de faire pipi. Il est hors de question que je bouge mes fesses. D'ailleurs, le voyant au-dessus de nos têtes nous l'interdit. En même temps, je suis incapable de me lever pour aller me soulager. Je ne comprends pas le fantasme de vouloir prendre son pied dans les airs, dans les toilettes d'un avion !

Il semble que nous ayons enfin atteint notre vitesse de croisière, je m'autorise alors à relâcher les muscles de mes fesses et libère les mains de mes voisines. J'observe attentivement mes amies, elles sont complètement détendues. Vanessa, son casque sur la tête, écoute des podcasts en regardant à travers le hublot, Lalie a le nez dans sa liseuse et paraît totalement immergée dans son histoire, le rose aux joues – je suis certaine qu'elle lit un truc un peu coquin. Charlotte se sert de mon épaule comme oreiller.

Au premier passage, j'avais refusé, mais là, je me sens mieux, alors quand le steward me propose à nouveau un verre d'eau, je le prends volontiers. Mon cerveau a compris qu'il fallait bien attraper le gobelet, je tends ma main, mais celle-ci ne se referme pas, et ce qui devait arriver arriva… je le laisse tomber. Il y a de l'eau partout. Je savais que je n'aurais pas dû accepter. J'ai le jean trempé, pour le coup, on dirait que je me suis fait pipi dessus. Charlotte a légèrement bougé, bien qu'elle ait reçu une petite partie du liquide sur la tête !

Incapable de m'occuper, je ferme les yeux. Mais là encore, mon cerveau tourne à plein régime, pas moyen de faire le vide. Je pense au magasin, aux enfants, à Malik. J'ouvre les yeux et décide de scruter les voyageurs et de leur inventer une vie. Bon, la plupart sont des personnes âgées, je les range tout de suite dans la case des « retraités qui profitent enfin ». En partant fin mai, ce n'est pas étonnant ! J'aperçois un couple tout mignon, la vingtaine, je dirais, leurs premières vacances en amoureux assurément. Avec son polo et son chino, une main dans la poche, je peux parier qu'une bague se cache dedans, il va la demander en mariage pendant le séjour… mes divagations s'interrompent quand l'avion effectue un soubresaut.

Je compte les minutes qui me séparent de la prochaine sensation forte : l'atterrissage ! Les symboles « ceintures » au-dessus de nos têtes s'allument. Je crois que c'est le moment. Mes viscères se soulèvent à nouveau, mes oreilles se bouchent et se débouchent en fonction des paliers qui amorcent la descente. Je réveille Charlotte avec un coup de coude bien placé. Je récupère les mains de mes amies pour une nouvelle séance de broyage. Je ferme les yeux, et c'est l'impact ! Il y a des passagers qui applaudissent. Je croyais que c'était une légende, mais non ! Pas question que mes mains s'entrechoquent pour remercier le pilote de m'avoir fait passer les pires heures de ma vie et d'avoir fait ce pour quoi il est grassement payé. À vrai dire, grassement, je ne sais pas, mais payé, c'est certain.

Chapitre 11
Lalie

La première chose qui me saisit en descendant de l'avion, c'est une vague de chaleur, un vent chaud qui vient soulever mes cheveux. La deuxième chose, c'est une sensation de bien-être. Être là où je dois être, à ma place au bon moment. Je regarde les filles : éprouvent-elles la même chose que moi ?

Charlotte a à peine posé un pied sur le tarmac qu'elle retire toutes ses couches : veste en jean, pull, chèche. Sans aucun doute, elle a chaud. Margaux retrouve des couleurs et se remet doucement de ses émotions. Vanessa, quant à elle, enlève le mode avion de son portable et envoie un message à Théo pour l'avertir de notre atterrissage. Le vol a duré deux heures. Margaux fait de même, et j'aperçois Charlotte réfléchir à voix haute en tapotant sur son téléphone. Je m'approche et regarde par-dessus son épaule.

— Tu comptes lui dire comment ? En mode mielleuse ou cash ?

— Tout le monde dormait ce matin quand je suis partie. Les jumeaux sont autonomes ; ils se lèvent, se préparent et partent seuls pour le collège depuis le début de l'année. Après la matinée de cours, ils ont UNSS de 14 h à 16 h. Je ne me fais pas de souci pour eux, ils savent se débrouiller, ils sont habitués, je ne rentre jamais avant 18 h 30 – 19 h.

— Sinon, tu peux lui dire : « Je rentre dans une semaine, pense à donner à manger aux garçons. » Sans être méchante, je ne suis même pas sûre qu'il s'apercevra de ton absence !

— Tu as raison, j'ai déjà prévenu les garçons et mes parents, qui n'habitent pas loin. Ils prendront le relais au besoin. Je vais attendre que Maxime m'envoie le premier message. On verra bien !

J'observe Charlotte ranger son portable dans son sac et retrouver un semblant de sourire.

Après avoir récupéré nos valises, nous prenons la direction de l'agence de location. C'est un certain Pétru qui doit nous remettre les clefs de la voiture que nous avons louée le temps de notre séjour ici. Je repère le véhicule, une Toyota Yaris grise, facile, sur le mail de confirmation, nous avions l'immatriculation ! Juste à côté se tient un jeune homme brun, mat de peau, au sourire ravageur. Nous faisons le tour de la Toyota, Pétru nous explique le fonctionnement de la boîte automatique et nous met en garde sur le montant de la caution en cas d'accident, il insiste sur le fait que nous devons faire attention, bref le syndrome du « gars qui flippe quand la gent féminine a un volant dans les mains ». Malheureusement pour lui, nous sommes quatre !

Cela dit, je suis agréablement surprise, l'accueil est sympathique. Les a priori sont lourds et je pensais à tort que les Corses étaient plus bourrus !

Nos quatre valises rentrent pile-poil dans le coffre, qui l'eut cru ! Nous nous félicitons de nous être cantonnées au strict minimum. Même si Margaux a eu le droit à quelques remontrances concernant le poids de sa valise : treize kilos pour un maximum de dix kilos autorisés en cabine ! Celle de Vanessa et la mienne n'en faisaient que huit, ça s'équilibre !

Il est presque midi quand je prends le volant, Charlotte s'installe côté passager, Vanessa et Margaux à l'arrière.

Fenêtres ouvertes, musique à fond : *Bam Bam* de Camila Cabello et Ed Sheeran ouvre notre playlist « Vacances entre filles » que j'ai pris soin de concocter avant le départ. Cette chanson deviendra LA chanson de ce voyage.

Une fois sorties de l'enceinte de l'aéroport d'Ajaccio, nous prenons la direction de Porticcio. Nous avons à peine parcouru quelques kilomètres qu'une pause s'impose : j'ai faim ! Je me gare sur le bas-côté, une plage et son restaurant nous attendent. Tout à coup, je vois Vanessa ouvrir le coffre, sortir sa valise, fouiller dedans et commencer à se déshabiller.

— Qu'est-ce que tu fais, Vanessa ? lui demandé-je.

— Je me change, je quitte le jean, j'en peux plus, il fait chaud !

— Ah, OK ! Tu es comme ça ! Tu es consciente qu'on est sur le bord de la route, là ? interroge Charlotte.

— Oui, et tiens, regarde, je vais même enfiler mon maillot de bain.

— Tu es incroyable ! prononce Margaux.

— Qui m'aime me suive ! lance-t-elle.

— Il n'est pas question que quelqu'un voie ne serait-ce qu'un bout de ma culotte !

Nous suivons Vanessa dans son délire, nous voilà toutes les trois à ôter nos vêtements pour passer à une tenue de circonstance, sous le regard curieux des passants : maillot de bain et robe de plage. Charlotte se cache entre les portières ouvertes de la voiture qui lui font office de paravent pour se changer. Et en plus de cela, il a fallu qu'on se mette toutes les trois de dos juste devant pour faire une double paroi alors qu'elle n'est même pas du côté route.

Enfin à l'aise, nous entrons dans le restaurant qui propose des gambas en plat du jour, nous validons ce choix et buvons un cocktail en attendant que le service soit effectué.

— À la vôtre, les filles !
— À ce voyage !
— À cette aventure !
— À nous !

Le repas est délicieux, mais l'appel de la baignade est trop fort ; nous ne prenons pas de dessert et nous nous dirigeons vers la plage. Charlotte et Margaux prennent plaisir à se baigner. Je reste sur le sable avec Vanessa et profite des rayons du soleil qui réchauffent mon corps. Je rêvais de cette chaleur depuis quelques mois. Les filles nous rejoignent, je crois que c'est le moment de leur dire…

Chapitre 12
Solange
1983

J'ai quinze ans et je passe le meilleur été de ma vie.

Je ne sais trop comment ni pourquoi, mais cette maison nous appartient. Enfin, plutôt à Line, ma mère. J'ai vaguement entendu parler d'une histoire d'héritage l'autre soir, quand j'essayais de m'éclipser pour aller rejoindre Lucca. Mon frère, Benoit, et ma sœur, Isabelle, ont le droit de sortir jusqu'à minuit, alors que moi, je dois être au lit pour vingt et une heures ! Ce sont les vacances, quand même !

Lucca a dix-sept ans et c'est un beau garçon aux yeux bleus, comme la mer d'ici, et sa peau sent le soleil, le sel et le sable. Comment je le sais ?

Hier, sur la plage de Porticcio, lors d'une partie de volley-ball, il manquait un joueur pour terminer la manche, mon frère m'a proposé de compléter l'équipe. Lucca était dans l'équipe adverse. Nous avons perdu, et les perdants devaient courir nus sur la plage avant de plonger dans la Méditerranée. J'ai refusé, car d'une, j'étais remplaçante, de deux, je n'étais pas au courant de ce gage, et de trois, je suis une fille !

Je n'ai pas compris comment, mais je me suis retrouvée dans les bras de Lucca. Il courait droit vers la mer. Nous avons fini tous les deux trempés, tout habillés, ou presque, car lui n'avait qu'un short et était torse nu. Je me suis agrippée à lui aussi fort que possible, comme si ma vie en dépendait. Je sais nager, mais je ne suis pas rassurée quand je n'ai pas pied.

Une fois la tête sous l'eau et incapable de toucher le sol,

j'ai paniqué. Lucca m'a rattrapée et prise à nouveau contre lui. Je me suis accrochée à lui comme un bébé koala à sa mère. Avec ses bras musclés, il m'a sortie de l'eau, ses mains ont délicatement relevé mes cheveux qui tombaient sur mon visage. J'ai plongé mes yeux dans les siens. Et mon cœur a raté un battement. Je ne le savais pas encore, mais je crois que c'est à cet instant que je suis tombée amoureuse de lui, enfin, ce jour-là.

Donc, quand Lucca m'a proposé de le rejoindre le soir même à 21 h 30 devant l'église de Bastelica, je n'ai pas pu refuser. Il est là, il m'attend assis sur sa mobylette. Il est beau, il porte un jean et un tee-shirt blanc qui font ressortir son teint de *beach boy*. Je m'avance et m'adosse au mur de l'édifice, la pierre est encore chaude des rayons du soleil de la journée.Il descend de sa mobylette, met la béquille et s'approche de moi. Il pose ses lèvres sur les miennes avant de prononcer :

— Salut, beauté. Tu as réussi à te libérer de tes chaînes ?

— Tu te moques de moi ?

— Absolument pas !

— Je suis passée par l'arrière de la maison.

— Désolé pour tout à l'heure, tu t'es remise de tes émotions ?

— Oui, oui, merci. J'ai été surprise, c'est tout. C'est que je ne suis pas à l'aise quand mes pieds ne touchent pas le sol.

— J'ai vu ça.

Et la soirée fut incroyable, j'allais de découverte en découverte. Nous avons discuté, puis nos lèvres se sont effleurées, Lucca m'a goûtée, dégustée, grignotée toute la soirée. Ses lèvres étaient délicieuses, douces et pulpeuses.

Ce fut notre premier baiser, mon premier baiser.

Chapitre 13
Vanessa

Encore une « Lalilade », ainsi nommés les retournements de situation que seule Lalie peut nous faire vivre. Et Dieu sait que durant ces vingt dernières années, il y en a eu ! Mais celle-ci est la plus incroyable.

Après la baignade, nous lézardons tranquillement sur nos serviettes, j'allais doucement m'endormir, bercée par le bruit des petites vagues qui s'échouent sur le sable, quand Lalie nous balance, en quelques mots, qu'elle a annulé la location initialement prévue, parce qu'elle a hérité d'une maison en Corse et que nous allons loger là-bas pour les prochains jours. La surprise se lit sur nos visages, alors elle nous raconte son rendez-vous chez le notaire. Pourquoi personne ne lui en a jamais parlé, ou rappelé l'existence de cette maison ? Elle a de vagues souvenirs, quand elle cherche plus profondément dans sa mémoire, mais c'est flou, des photos de famille sûrement. Il paraît même que sa mère y aurait vécu son premier amour ! Ici, en Corse. Hum, j'aime cette histoire.

Nous ne posons pas plus de questions devant l'état de nervosité de Lalie. Nous nous habillons rapidement, pressées de découvrir notre futur logement. Je décide de prendre le volant, j'entre l'adresse dans le GPS et nous roulons ainsi, silencieuses, en écoutant la voix nasillarde qui sort des enceintes et qui nous indique le chemin.

Nous roulons quelques minutes à peine quand nous entendons : « Vous êtes arrivé à destination. »

Je gare la Yaris devant le portail d'une charmante petite villa. C'est le grand luxe par rapport à ce que nous devions avoir ! Pendant que Charlotte et Margaux jouent aux espionnes en regardant à travers les interstices du portail, Lalie scrute son portable et vérifie que l'heure du rendez-vous convenu pour récupérer les clefs est bien seize heures. Il est 16 h 10 ! Nous sommes en retard. Lalie déteste être en retard. Elle décide d'appeler directement l'agence immobilière, car personne ne semble nous attendre. Je la rassure, nous sommes en Corse, *no stress*, tout va bien, quelqu'un va bien finir par arriver.

Il y a effectivement une personne qui arrive d'un pas décidé, un homme au teint hâlé, il nous regarde, nous inspecte puis marmonne dans ses moustaches, mais assez fort pour que nous entendions :

— Ah ! Encore des touristes qui viennent nous emmerder.

Puis le monsieur disparaît.

On se regarde avec les filles, personne n'ose dire un mot, sauf Lalie, prête à lui courir après pour le rattraper et lui montrer de quel bois elle se chauffe et lui affirmer qu'elle est chez elle. Je la tire par le bras et l'oblige à faire profil bas et à se joindre à nous pour faire les commères en imitant Charlotte et Margaux. Ce sont les vacances, nous devons faire retomber nos tensions accumulées par notre quotidien trépidant de *wonder woman*.

Le jardin avec vue sur la baie de Porticcio me fascine. Je reste sans voix. Je prends une photo et l'envoie à Théo, avec comme sous-titre « Le Paradis ».

16 h 30, l'agent immobilier arrive enfin, avec un joli minois et un sourire Colgate qui nous fait oublier son retard.

La porte s'ouvre sur une villa fraîchement rénovée et décorée avec goût. Tous les murs sont blancs, et la décoration, faite de bois clair, apporte une touche de sérénité. Nous arrivons directement dans un grand et lumineux espace de vie, dans lequel on peut facilement identifier trois zones : un salon avec un canapé hors norme, orienté vers la baie vitrée, avec vue sur la mer ; une salle à manger qui communique avec une magnifique cuisine, entièrement équipée ; sur la droite, nous apercevons la salle de bains, qui est commune et centrale aux deux chambres de la maison. Chose assez impromptue, il n'y a aucune porte dans cette villa, sauf à notre gauche, celle qui cache l'accès aux toilettes. Les prochains jours risquent de mettre à mal le besoin d'intimité de Charlotte et sa pudeur maladive. Malgré les années et notre complicité, nous n'avons jamais partagé une cabine d'essayage ou de piscine, ou tout autre endroit où elle pourrait se retrouver nue, ou presque, devant quelqu'un. La cohabitation promet de jolis souvenirs.

Après ce petit état des lieux, nous décidons qu'il est temps de remplir le frigo et laissons tranquillement Lalie gérer l'administratif avec l'agent immobilier qui, soit dit en passant, ne cesse de lui lancer des perches. Je crois qu'elle a une touche !

Chapitre 14
Lalie

J'apprécie que les filles m'aient laissée seule pour signer les papiers et découvrir plus en détail la maison où a vécu ma famille chaque été, au moins jusqu'à ma naissance, d'après ce que mon père m'a dit. Je ne l'imaginais vraiment pas ainsi. C'est beau, c'est neuf, c'est spacieux, mais il n'y a plus aucune touche personnelle. Je pensais trouver des cadres avec des photos, des objets vintage et autres babioles des années 80/90, mais rien de tout cela. Finalement, heureusement qu'une rénovation a eu lieu, c'est tout de même plus plaisant pour les voyageurs qui viennent y séjourner. Durant le petit tour du propriétaire, accompagnée par l'agréable agent, j'ai mentalement choisi ma chambre. Sur les deux disponibles, il y en a une que je préfère. J'espère que les filles seront d'accord.

Elles reviennent du supermarché, les bras chargés de victuailles. Les vacances peuvent enfin commencer. Nous prenons l'apéro sur la terrasse. Charlotte, hyperactive et maniaque du ménage, demande le programme de la semaine.

Je lui réponds :

— J'ai zieuté quelques blogs de voyage, j'ai dressé une *check-list* des choses à faire absolument : une petite randonnée et une visite à Bonifacio. Le marché des halles d'Ajaccio est, paraît-il, incroyable…

— Plage, bavardage et glandage, me coupe Margaux.

— Oh là là, je me sens déjà débordée, rien qu'à l'évocation de tout ça, renchérit Vanessa.

Et nous rions de plus belle en voyant la mine déconfite de Charlotte. Vanessa poursuit.

— Bichette, je gère le planning de Théo et des trois enfants toute l'année, alors je voudrais bien ne pas avoir d'horaires ni de planning pendant les premières vacances que je m'octroie depuis la naissance de la petite dernière. S'il te plaît.

On dirait que Vanessa nous supplie, avec ses mains jointes devant sa bouche, comme une prière qu'elle adresse. *Pleaaase,* pas de programme !

— Moi, tout me va, dis-je, tant que nous sommes là demain à dix-huit heures. Lissandro doit me rapporter d'autres clefs !

— Lissandro ! Tiens donc, ce n'est plus « l'agent immobilier », mais Lissandro maintenant. On dirait bien que tu as un *crush*, bichette, et je mettrais ma main à couper que c'est réciproque ! enchaîne Margaux.

— Oublier les doubles, mais bien sûr, c'est sa tactique pour obtenir un second rendez-vous si la fille est jolie ! ajoute Charlotte.

— Mais n'importe quoi, les filles ! Passons aux choses sérieuses : qui dort avec qui ?

— La vraie question est : qui ronfle et qui ne ronfle pas ? Et ne faites pas vos princesses. Moi, j'avoue, je ronfle, admet Vanessa.

— Bon, OK, je veux bien partager mon lit avec toi, dit Margaux. Mais pas parce que je ronfle, parce que je sais que Charlotte et Lalie sont des lève-tôt et nous des couche-tard. Mais je te préviens, Vanessa, gare au coup de coude si vraiment tes ronronnements de petite chatte m'empêchent de dormir !

— Ma chatte, elle est poilue, mais ne ronronne pas !

— Les poils de ta…

Je ne finis pas cette phrase, car la partie de rigolade

recommence. Et un fou rire général inarrêtable sur d'autres détails concernant nos chatounettes.

— Sinon, soyons sérieuses, j'ai apporté des boules Quies pour celles que mes ronflements dérangeraient réellement ! conclut Vanessa en sortant fièrement la boîte de son vanity.

Après avoir testé la température de l'eau de la piscine et partagé un apéro dînatoire frugal, nous bâillons toutes les unes après les autres. Cette première journée est passée à une vitesse folle. Il est presque deux heures du matin lorsque nous décidons d'aller nous coucher. J'aime pouvoir prendre le temps d'être avec elles, et ne plus nous voir en coup de vent entre deux rendez-vous. Cela me rappelle nos après-midi entiers de papotage au collège, comme au lycée, d'ailleurs. Les choses ont changé, quand il a fallu travailler ! Ah ! la belle époque, l'insouciance des jours sans lendemains…

Nous nous retrouvons dans le dressing pour vider nos valises, puis toutes les quatre devant deux énormes vasques en pierre, Charlotte nous engueule, car on ne doit pas laisser couler l'eau pendant que l'on se brosse les dents.

— Ça me hérisse les poils ! Éteignez l'eau quand vous vous lavez les dents ! Bordel ! En plus, c'est écrit sur le tube de dentifrice.

— C'est écrit où ? Je ne vois rien !

— À ce tarif-là, ce ne sont plus des lunettes qu'il te faut, mais un chien ! C'est écrit là : *Save the Planet, Turn off the water while brushing.*

Pendant ce temps, Margaux se déshabille sans pudeur. Vanessa commente ses dessous avec la brosse à dents encore dans la bouche :

— Ah oui, le grand paquebot est de sortie, la bonne culotte de grand-mère !

— J'aime être à l'aise, et mes fesses le valent bien ! C'est du 100 % coton, je te signale. Tu ne vas pas me dire que tu as sorti la dentelle pour prendre l'avion ?

— Tiens, regarde ! Un bel ensemble noir… Allez, ma bichette, au lit, s'exclame Vanessa en mettant une petite claque sur les fesses de Margaux.

J'observe Charlotte qui ne sait plus où se mettre, je lui indique que je lui laisse le champ libre et file dans notre chambre. J'enfile mon pyjama et entends les autres pouffer, le rire de Margaux est tellement communicatif que je ris à mon tour sans trop savoir de quoi il retourne. Charlotte se glisse sous les draps. Je la vois prendre son portable, regarder l'écran et souffler.

— Aucune nouvelle de Maxime ?

— Non, a priori, mon absence, ou ma présence, d'ailleurs, lui importe peu. J'ai eu les garçons rapidement par message, ils vont bien et c'est ce qui m'intéresse pour le moment.

— Ça va, Charlotte ?

— Oui, pourquoi ?

— Réellement, comment te sens-tu ?

— Je me sens bien. C'est déstabilisant. Hormis dans l'avion, l'oppression que je ressentais au fond de moi depuis quelque temps s'est envolée dès que j'ai fermé la maison à clef ce matin.

— Va savoir ce que nous réserve ce séjour ! Je me couche épuisée par toutes les émotions de cette première journée.

Chapitre 15
Charlotte

Ce n'est pas la sonnerie stridente de mon téléphone qui me réveille ce matin, mais la bonne odeur du café chaud. Par automatisme, j'attrape mon portable et jette un œil sur l'heure, je peux constater que personne n'a cherché à me joindre, même pas Maxime. Je laisse le smartphone sur la table de chevet et décide de rejoindre les filles qui sont déjà en train de savourer leur petit déjeuner sur la terrasse. Ce séjour sera aussi l'occasion de mettre cet objet de côté. Le bonheur de pouvoir démarrer la journée dehors et profiter des premiers rayons du soleil venant caresser nos visages encore un peu endormis me réjouit.

— Bonjour, marmotte ! Tu as juste le temps d'avaler un café, départ dans quelques minutes. *Dress code* du jour : chaussettes-baskets. On part en randonnée dans les montagnes de Piana, me presse Margaux.

— Ah oui, au saut du lit, direct ! C'est violent, aujourd'hui ! C'est pourtant moi la reine de l'orga, habituellement ! On est d'accord qu'on met aussi un short et un tee-shirt ?

— Oui, mais ça ne rimait pas donc…

— Et oui, c'est son petit côté Charlotte qui ressort ! me taquine Vanessa. On a toutes un côté Charlotte en nous… mais bien caché pour ma part…

— C'est la moins belle journée de la semaine, ce sera plus agréable que sous un soleil de plomb, commente Lalie.

— Vingt-sept degrés quand même ! On va crever !

— Allez go, on finit de se préparer, comme ça, tu auras la salle de bains pour toi, m'adresse Margaux avec un clin d'œil.

Elles me laissent seule et un peu décontenancée devant ma tasse. Je lève les yeux et contemple la vue : la Méditerranée est d'un bleu cyan, qui contraste avec le vert des montages.

Vanessa me rejoint et reprend une autre dose de café, j'ai donc le champ libre pour utiliser la salle de bains. Je fouille dans le dressing pour trouver mes vêtements, j'ai déjà associé les hauts et les bas pliés façon Marie Kondo, ce qui me permet d'avoir une valise bien rangée et gagner du temps par la suite. Je regarde la penderie des filles, c'est un carnage, je ne peux pas m'empêcher de ramasser et replier deux ou trois tee-shirts. Je suis interrompue dans mon élan par la sonnerie de mon portable qui m'annonce l'arrivée d'un message. Un automatisme prend le dessus et je m'empresse de connaître le destinataire et l'objet de celui-ci.

Bonjour, je suis rentré tard hier, désolé. Où es-tu, chérie ?

C'est nouveau ce « chérie » !
Je suis en Corse avec les filles.

Quoi ? en Corse ? Mais c'est quoi cette histoire ? Tu es partie quand ? Tu rentres quand ? Vous avez programmé ça depuis longtemps ?

> Ravie de voir que mon absence t'inquiète enfin, au bout de 24 h. Je vais profiter de cette semaine pour réfléchir à l'avenir de notre couple. Fais-en autant. Pas la peine de répondre. Je coupe mon portable.

Et les garçons ?
Comment je vais faire ?

> Dans leurs chambres, ils doivent encore dormir. Après, débrouille-toi !
> N'oublie pas de les nourrir !

Je croyais que tu coupais ton portable.

> Merde.

Tu rentres quand ?

> Dans une semaine.

Je croyais que tu ne répondais plus.

> RE-MERDE.

J'arrive en trombe dans la salle de bains et balance au passage mon portable sur le lit. Je commence à me déshabiller et, nue comme un ver, je file direct sous la douche devant les yeux effarés de Margaux, qui termine de se coiffer, et Lalie qui se brosse les dents. J'ai besoin d'une bonne douche, d'eau bien chaude pour faire redescendre mon stress. Elles quittent immédiatement la pièce en chuchotant. Je ne souhaite pas m'étendre avec elles sur le sujet maintenant. Je veux me dire que je vais profiter pleinement de ce séjour.

En moins de quinze minutes, je suis prête et rejoins les filles qui attendent devant la maison. Vingt minutes plus tard, nous garons la voiture de façon hasardeuse sur le bas-côté. Sans préparation aucune, n'étant pas hyper sportives, baskets aux pieds, lunettes de soleil sur le nez, nous votons pour une randonnée tranquille. Lalie a préparé le pique-nique que nous dégusterons en haut de la montagne.

Trois chemins s'offrent à nous, avec des distances et des durées différentes indiquées sur les panneaux. Pas téméraires pour deux sous, en un regard, nous validons la marche la plus courte : trente minutes. Le chemin commence par un sous-bois, assez plat. Je suis perdue dans mes pensées et à la traîne, quand Lalie vient me rejoindre.

— Ça va ? Tu as l'air absente !

— Oui, j'ai échangé quelques messages avec Maxime ce matin. Je suis quelque peu tendue. Il lui a fallu vingt-quatre heures pour se rendre compte de mon absence. Tu y crois, toi ? Vraiment, est-ce normal ?

— Merde, pari perdu ! Je dois vingt euros à Vanessa.

— Sérieux. Vous êtes incroyables, les filles. Et tu avais parié sur ?

— Quarante-huit heures. Tu lui as dit quoi ?

— Que je nous laisse la semaine pour réfléchir à notre avenir.

— Ah, tu en es là ? Je ne pensais pas que cette dispute était aussi grave.

Je n'ai pas le temps de répondre que Lalie se prend les pieds dans une branche de pin laricio, le pin noir de Corse. Je rigole de bon cœur, cela lui apprendra à faire des paris sur mon couple. Nous ne sommes pas un modèle idéal, mais tout de même. J'ai retenu la leçon de Margaux, hier, qui s'émerveillait devant chaque arbre ou plante que l'on croisait en voiture. On en a déjà tellement vu de ces pins machin truc qu'à la longue, je m'en souviens : pin LARICIO. Rien de cassé, à peine une égratignure, j'aide Lalie à se relever et nous continuons à avancer côte à côte sans un mot.

Le chemin devient de plus en plus escarpé, je dois me concentrer, mettre un pied devant l'autre, ne plus penser à Maxime, juste avancer, ne penser à rien, faire le vide.Déjà vingt-cinq minutes que nous grimpons, essoufflées, le rouge aux joues, des auréoles sous les bras, je ne sais pas dans quel état je vais finir cette randonnée. Note à moi-même : reprendre le sport !

Enfin en haut de la montagne, nous surplombons la Méditerranée, la montre de Lalie indique que nous sommes à cinquante mètres au-dessus du niveau de la mer. J'ai le souffle coupé par la beauté des lieux. Et par mon manque d'activités sportives. Subjuguées par les couleurs, les filles sont sans voix. Seules au monde face à ce que dame Nature nous offre. La montagne est rouge-ocre, fière, surplombant la Méditerranée à perte de vue. Derrière nous la forêt est dense avec de nombreuses essences d'arbres. Je ne m'approche pas trop du bord, j'ai déjà le tournis de là où je suis. Lalie s'y aventure et avance de plus en plus. Je lui demande gentiment de revenir vers nous, le vide attire, c'est indéniable, mais j'ai si peur de tomber que je ne préfère pas aller voir ce qu'il s'y passe.

— Trente minutes, mes fesses, oui ! On a mis au moins quarante minutes pour la montée, il nous en faudra autant pour redescendre, s'inquiète Vanessa qui a du mal à reprendre son souffle.

— Moi qui pensais être la seule à souffrir lors de cette expédition, je suis ravie de voir que non.

— On déjeune, et je vous propose de redescendre par

un petit raccourci. Je viens de regarder sur Google Maps ! Il semblerait que si l'on reprend à gauche après le rocher, c'est plus court, annonce Lalie.

— Mais quel rocher ? On est entourées de montagnes de roche !

— Le rocher avec une tête de chien !

— Une tête de chien ? Ce n'était pas une tortue ?

Nous prenons le temps de savourer nos sandwichs, en silence, ce qui est assez rare pour être souligné, en regardant la nature autour.

Je souris en pensant à Théodore qui aurait une expression bien à lui pour résumer la situation, mon regard trouve celui de Vanessa et nous prononçons en chœur :

— Ah la vache, on se sent tout p'tit !

Nous éclatons toutes de rire, Théodore est le cinquième mousquetaire qui complète notre quatuor, nous nous sommes rencontrés sur les bancs du lycée. Il est arrivé en cours de semestre, nous avions un projet en sciences à préparer et une présentation à faire. Naturellement, le prof l'a inclus dans notre groupe de travail. Et depuis, il ne nous a plus quittées, enfin, il n'a plus quitté Vanessa.

Sur le raccourci choisi par Lalie, nous croisons une merveille de la nature : un énorme rocher qui dépasse tous les autres par sa grandeur, et où, en son centre, un trou s'est formé. Au fur et à mesure de notre progression devant cette sculpture naturelle, nous sommes stupéfaites de voir que c'est un cœur qui est gravé dans la roche. Il n'est visible que lorsque l'on se positionne d'une certaine façon. C'est incroyable ! Trop avancé ou trop reculé, impossible de le remarquer.

À ce moment-là, je me mets à chantonner :

« Eh ! approche, écoute, hoche la tête, si t'accroches. Pour nos familles et nos proches, c'est gravé dans la roche.
Sortis de nulle part, c'était écrit c'est pas un hasard. Un jour notre blaze sera gravé dans la roche... »

Souvenir, souvenir, mais qu'est-ce qu'il me prend ? Théodore Ronchois, sors de ce corps !

Qu'est-ce qu'il a pu nous saouler avec sa FF, sa Fonky Family, le groupe de rap des années 1990-2000 qu'il écoutait en boucle dans sa 106 Quiksilver ! Sa devise étant : « Celui qui conduit, c'est celui qui choisit... », la musique évidemment. Nous avions donc droit à l'album entier. Étant le seul à avoir une voiture, il n'acceptait de faire le taxi pour nous trois qu'à cette condition. Et cela lui permettait de passer du temps avec Vanessa avant qu'il n'ose enfin lui déclarer sa flamme.

Je remarque la lueur qui brille dans les yeux de Vanessa, je mettrais ma main à couper qu'elle chante dans sa tête ce même refrain. Elle est toujours amoureuse de Théo comme au premier jour, c'est beau !

Chapitre 16
Lalie

J'arrive à la villa dans un état lamentable ; dégoulinante de sueur, mes cheveux collés sur le front, mes joues rouges comme des tomates. Je vends du rêve, assurément. Comment font les mannequins dans les magazines ? Elles ont toujours l'air parfaitement fraîches, quelle que soit la situation. Margaux pourrait être des leurs, à peine essoufflée, on aurait dit qu'elle faisait une promenade de routine, c'est qu'elle a de l'expérience avec ses deux zozos et son mari, ils s'entraînent pour un *trek* dans les Alpes.

Cette randonnée va laisser des traces, je crains les courbatures demain. « Trente minutes », qu'ils disaient sur le panneau, mes fesses, oui ! Nous nous sommes perdues, mon raccourci n'en était pas un, nous avons arpenté les collines de Piana pendant trois longues heures. Je rêve de prendre une bonne douche avant l'arrivée de l'agent immobilier.

Mauvaise surprise, Lissandro m'attend déjà devant la porte. Lui est à tomber, dans un chino blanc immaculé et une chemise en lin bleu ciel ; il est carrément sexy. Des lunettes de soleil aviateur vissées sur le nez, et un sourire charmeur qui s'étire sur son visage. Je me sens ridicule, je ne sais plus où me mettre. Voilà que je suis en train d'essayer de décoller désespérément la mèche sur mon front et de me rafraîchir en faisant du vent avec mon téléphone.

Mais qu'est-ce que je fais ? D'habitude, je suis la première à me moquer du regard des autres. Allez, ça suffit ces bêtises, je lève la tête fièrement, je fixe mon plus beau sourire et je me présente ainsi fagotée devant cet apollon.

— Bonjour, Lissandro ! Je suis désolée, nous arrivons tout juste. Une petite randonnée sur Piana.

Je remarque les filles qui gloussent comme des dindes. J'avoue avoir légèrement modifié le ton de ma voix et celle-ci est partie un peu trop dans les aigus.

— Ah, Piana, c'est très joli, mais ce n'est pas réputé pour les débutants !! Vous auriez dû me demander, je me serais fait un plaisir de vous servir de guide ! Voici les doubles qu'il manquait : celle-ci pour le portail, celle-là pour le garage, et les dernières sont celles de la dépendance.

— La dépendance ?

— La dépendance, enfin, le bâtiment ici, de l'autre côté de la clôture ! J'ai oublié de vous le dire hier. Mes collègues m'ont expliqué que tout y avait été entreposé pendant la durée des travaux. Et ce n'était pas du luxe, la villa avait été laissée dans son jus, figée en 1985 depuis un paquet d'années. Lorsqu'un accord a enfin été trouvé il y a cinq ans, pour rénover et mettre en location la villa, nous avons cloisonné pour créer ce jardinet et la piscine.

— Qu'est-ce que vous appelez « tout » ?

— Oh, je crois que c'est surtout l'ancien mobilier. Les vêtements, les papiers, les bibelots et le petit mobilier ont été envoyés en France par colis. Je suis certain que tous les meubles n'ont pas été vidés. Vous pourriez trouver encore quelques souvenirs, qui sait !

Ses paroles m'interpellent. Quelque chose cloche, mais je n'arrive pas à identifier quoi, ni mettre le doigt dessus.

— Envoyer à qui ? Pardon pour le ton un peu sec. Savez-vous qui s'est occupé de vider la maison ? Où ont été expédiés les effets personnels ?

— Je ne sais pas, il y a eu pas mal de *turnover* ces cinq

dernières années au sein de l'agence. Des gens de métropole qui n'ont pas réussi à se faire une place au soleil ! Rien de mieux qu'un enfant du pays pour s'occuper de nos belles pierres. Je viens d'être promu responsable du pôle gérance, vous savez !

— Juste une dernière chose : pourriez-vous me dire qui est à l'origine de la demande de travaux et qui a signé votre mandat de gestion ? Tout s'est tellement vite enchaîné ces dernières semaines. Enfin, depuis que j'ai appris la nouvelle, j'ai l'impression d'avoir manqué des étapes ! Il y a quelques incohérences avec ce que m'a dit le notaire. J'aimerais connaître l'histoire de cette maison. Je suis navrée de vous ennuyer avec mes problèmes. Non… laissez tomber, je demanderai à mon oncle et à ma tante.

— C'est compréhensible, Lalie. Si vous voulez, je peux effectuer quelques recherches, et on se retrouve à *L'Alta Rocca*, ce soir. Je partagerai avec vous et vos amies toutes les informations que j'aurai trouvées. C'est un club privé, je laisserai votre nom sur la liste des invités, conclut Lissandro avec un clin d'œil.

Je vois les filles qui s'agitent derrière lui. Elles me font de grands signes pour que j'accepte l'invitation. J'avoue que l'idée d'une petite soirée me tente bien et ça fait un moment que je n'ai pas bougé mon popotin, et tout le reste, sur le *dance floor*.

— Avec plaisir, Lissandro. Merci beaucoup pour votre aide.

— Parfait, c'est noté. Je vous y attendrai, vous et vos amies, pour vingt heures. Ah ! j'oubliais, ce soir, c'est une soirée blanche.

— Ah bon, très bien ! D'accord ! Merci, Lissandro. À tout à l'heure, alors.

Il repart et nous sautons de joie comme des gamines de quinze ans.

— UNE FÊTE, UNE TEUF, UNE MÉGA SOIRÉE, me crient-elles en chœur dans l'oreille.

— Vous avez entendu le *dress code* ? demande Charlotte, paniquée à l'idée de ne pas respecter les règles. Moi, je n'ai pas de quoi être habillée de la tête aux pieds en blanc !

On se regarde toutes et, à l'unisson, sortons du fond du cœur :

— SHOPPING !!!

— D'accord, mais après une bonne douche, car là, mes bichettes, on pue clairement le bouc, finit par dire Margaux.

— Parle pour toi, je sens toujours la rose, réplique Vanessa.

Chapitre 17
Solange
1983

Je suis complètement perdue : Lucca a véritablement deux facettes. La journée, il m'ignore totalement et préfère la compagnie de mon frère et celle d'autres jeunes filles, ce qui me rend folle. Dès que je peux, je vais sur la plage, quand je ne suis pas obligée de rester avec mes parents à la villa, ou d'aller au marché avec ma mère et ma sœur. Et le soir, lorsqu'on se retrouve derrière l'église de Bastelica, il est tendre, doux, et surtout très drôle.

Je n'ose pas lui dire que son attitude me déplaît, j'oublie ce qu'il me fait subir dès que je suis dans ses bras. A-t-il honte de moi ? C'est vrai que je ne suis pas aussi svelte que les filles de leur groupe de potes et que je ne porte pas de bikini, mon père me tuerait. Déjà que ses yeux me fusillent quand j'ai du rouge sur mes ongles et un peu de mascara. Et puis, je n'ai pas assez de poitrine pour remplir le maillot de bain. J'ai quelques rondeurs, les cheveux blond vénitien longs et ondulés et de très beaux yeux verts, selon ma mère.

Cela dit, c'est assez excitant de vivre cette histoire dans le plus grand secret. Tous les soirs, mes parents profitent de la fraîcheur sur la terrasse qui se situe côté jardin. Ils sont persuadés que je lis dans ma chambre, alors que je me faufile côté cour pour rejoindre Lucca. Ce petit manège dure depuis dix jours maintenant.

Ce soir, c'est mon anniversaire et je crains de ne pas pouvoir être au rendez-vous. La soirée traîne en longueur, je ne peux certainement pas m'éclipser avant d'avoir soufflé mes bougies, mes parents seraient vraiment très contrariés. Je fais bonne figure, mais la seule chose que je souhaite là maintenant, c'est être dans les bras de Lucca. Respirer son odeur, sentir ses lèvres sur les miennes, et qu'il me serre fort dans ses bras. Il n'y a que comme ça que je me sens bien.

On sonne à la porte de la villa. Benoit se précipite et ouvre à sa horde de copains, Lucca est présent, mon cœur se remplit de joie. Il m'embrasse à la commissure des lèvres après avoir salué ma famille. Nous soufflons mes bougies, mangeons une part de tarte paysanne, mon dessert corse préféré : une génoise imbibée de rhum, garnie de crème pâtissière, recouverte d'un glaçage au chocolat et de vermicelles colorés.

Benoît a prévu d'aller dans le nouveau club qui vient d'ouvrir sur la plage de Porticcio, ses amis sont venus le chercher, ne sachant pas que c'était mon anniversaire. Je vois Lucca qui s'approche de mon père, et je l'entends lui demander si, pour l'occasion, je ne peux pas aller avec eux. Ma sœur en profite pour négocier, elle aussi, une sortie avec ses copines.

C'est le feu d'artifice dans mon corps, mon père refuse dans un premier temps, puis Benoît le fait changer d'avis. Je viens d'avoir seize ans, tout de même. Mon père accepte, non sans poser quelques conditions : pas d'alcool et retour à minuit. Mon frère négocie pour une heure du matin, car cela signifie que lui aussi devra être rentré à cette heure, et cela ne l'enchante guère. Mon père abdique.

Je leur demande de m'attendre quelques minutes, juste le temps de me mettre un peu de khôl sous les yeux, de chausser mes espadrilles à talons et de prendre une veste en jean au cas où le mistral se manifesterait.

Fin prête, direction *L'Alta Rocca*.

Chapitre 18
Margaux

Le lieu est juste incroyable ! Là, sur une plage privée, un bar, des salons de jardin en bois situés sous des pergolas font face à la mer, des transats, des fauteuils tous recouverts de coussins blancs. Une scène, des tables et des chaises sont installées çà et là.

Nous entrons comme des VIP, l'hôtesse d'accueil nous indique qu'une table nous a effectivement été réservée. Elle nous conduit directement sur la plage où des canapés sont posés à même le sable, ceux qui font la une des derniers magazines de décoration. Sur notre droite, un mur végétal sur lequel est inscrit le nom du club : *L'Alta Rocca*. Nous nous arrêtons, nous nous prenons en photo comme des instagrammeuses… Mais ça en reste là. Je ne suis pas une adepte des réseaux sociaux, je préfère vivre pour de vrai et garder ces souvenirs pour moi et mes amies plutôt que m'inventer une vie et la partager avec des inconnus. Comme l'autre, là, qui poste à tout-va… bon, j'ai dit que je n'étais pas adepte, mais pas que je ne regardais pas !

En attendant que nos cocktails soient servis, je visionne les photos que nous venons de prendre. Et puis tiens, on est carrément canon ce soir, je vais poster cette photo de nous quatre pour faire parler les bavards avec les hashtags : #vacancesentrefilles #pasquedesmamans #carpediem.

Lalie scrute l'assemblée : pas de trace de Lissandro. Elle semble légèrement déçue, avec tous les efforts entrepris pour se faire belle. Lalie l'est au naturel, elle se maquille très peu et n'en a pas besoin, mais ce soir elle a mis du mascara et un joli rouge sur ses lèvres. Elle est à couper le souffle. On dirait bien que cet agent immobilier lui a tapé dans l'œil. C'est vrai qu'il est plutôt pas mal, il faudrait être difficile.

Vanessa a osé et porte une magnifique robe longue à fines bretelles, en broderie anglaise, qui met en valeur son décolleté et cache ses bourrelets, imaginaires bien sûr. Charlotte, quant à elle, est en gilet de costume et pantalon en lin, ses cheveux relevés en chignon coiffé-décoiffé lui donnent presque dix ans de moins. Elle est superbe.

Je suis interrompue par le serveur dans l'observation scrupuleuse de la beauté de mes amies. Tiens, c'est Lissandro qui nous sert, les yeux de Lalie pétillent à nouveau.

— Livraison spéciale pour ces belles demoiselles, voici les cocktails spéciaux soirée blanche ! Des piña coladas : jus d'ananas frais, glace à la noix de coco et quelques centilitres de rhum blanc ! À la vôtre, les filles.

— À la nôtre !

— Le premier verre est pour moi ! C'est le patron qui régale.

— Sérieux ! Tu es le proprio du club ? demande Vanessa.

— En quelque sorte. Ce club fait partie de ma famille depuis 1983. Dès que nous atteignons l'âge de vingt-cinq ans, nous pouvons entrer dans l'entreprise et nous prenons les rênes pour quatre ans. Actuellement, je suis associé à trois de mes cousines. Ce sont elles qui ont eu l'idée de cette soirée blanche, elles ont tout organisé. De vraies pros. Je ne fais qu'obéir aux ordres ! Je donne un petit coup de main au bar ce soir.

— Intéressant comme organisation, intervient enfin

Lalie.

— Avant que cette conversation ne devienne trop intelligente, apporte-nous les tapas... On est là pour s'amuser.

— À vos ordres !

Une fois Lissandro reparti, nous trinquons toutes ensemble et nous goûtons au breuvage. C'est délicieux et parfaitement dosé.

Je m'avance vers le bar pour commander une autre tournée, avec deux cocktails sans alcool pour Vanessa et Margaux, cette dernière ayant décidé d'être notre « Sam » de la soirée et Vanessa ne buvant jamais plus d'un verre. Je n'avais pas remarqué les sculptures imposantes installées çà et là : un bouledogue énorme, un crâne incrusté de paillettes et un corps d'apollon... et ils sont tous d'un blanc immaculé. Incroyable !

Je prends quelques photos en souvenir, que je ne regarderais pas avant de long mois, sûrement quand il fera froid et que j'aurai besoin de soleil, pour réchauffer mon cœur.

L'ambiance était jusque-là plutôt *lounge* musique jazzy, puis nous passons à de la pop latino qui nous donne envie de remuer notre popotin. Nous hésitons, puis la chanson qui rythme nos vacances est diffusée. En un regard, le message est passé. Direction le *dance floor* : *Asi es la vida, si yeah, that's just life, baby. I was barely standin', but now I'm dancin'. Bidi-bam-bam-bam-bam*[1].

---

[1]C'est la vie, oui oui, c'est juste la vie, bébé. Je me tenais à peine debout, mais maintenant je danse. Bidi-bam-bam-bam-bam

Charlotte se lâche complètement, sa troisième piña a dû faire sauter tous ses blocages. Elle s'approche de mon oreille et me confie :

— J'oublie tout : mes enfants, mon mari, en même temps, je n'ai de nouvelles de personne ! C'est facile, pour le coup.

Je renchéris :

— Tu as raison, on oublie tout !

Mais j'ai l'impression que sa réflexion est bien plus profonde. Je croche Charlotte sous le bras et nous dirige un peu plus loin sur la plage pour nous éloigner du brouhaha du club. Assises dans le sable, nous enlevons nos chaussures, le sable frais sous nos pieds permet de faire redescendre la température de notre corps. J'invite Charlotte à m'en dire plus.

— Bichette, qu'est-ce qu'il se passe ?
— Rien, pourquoi !
— Tututte, tu ne me la fais pas à moi, je te connais.
— Ma grand-mère disait qu'en amour la règle est : si vous hésitez, il faut continuer, jusqu'à en avoir marre. Une façon de dire que si ce n'est pas un non tranché, c'est un oui en attendant. J'ai rencontré Maxime il y a treize ans, je suis tombée enceinte un mois après notre premier baiser, et les jumeaux sont arrivés sept mois plus tard. Je suis toujours restée dans la phase du « en attendant » et le tourbillon de la vie a pris le dessus. Je crois qu'aujourd'hui cet entre-deux ne me convient plus.

— Je peux être franche ?
— Je n'en attends pas moins de toi, Lalie !
— Je crois que ça ne date pas d'hier !
— Merci. J'ouvre seulement les yeux et j'ai besoin de temps.

Chapitre 19
Solange
1983

Nous y sommes. Ce lieu : *L'Alta Rocca*.

Je ne sais pas à quoi m'attendre, mais en tout cas, pas à cela. Nous nous trouvons au bout d'un chemin escarpé menant à une plage.

Posés là, au milieu de nulle part, un cabanon, des tables en formica et des chaises pliantes en tissu à même le sable. Des haut-parleurs crachent un son épouvantable, le mistral envoie la voix du chanteur vers la mer, je reconnais malgré tout *Billie Jean* de Michael Jackson. Je remarque une chaîne hi-fi, des câbles reliés aux grosses enceintes et un garçon derrière la platine qui essaie tant bien que mal de mettre de la musique. Les enchaînements sont parfois improbables, nous passons de Jean-Jacques Goldman, *Comme toi*, à Rose Laurens, puis des Forbans à Eurythmics, sans oublier Renaud, *Morgane de toi*, et la Compagnie créole. Toutes les personnes présentes ont l'air heureuses, une bière à la main.

De la bière, il n'y a que cela, les glacières en débordent. Une pancarte indique deux francs pour ceux qui referment la glacière, trois francs pour les autres. Ça m'a fait sourire, il n'y a personne pour vérifier et chacun dépose quelques pièces dans le chapeau de paille retourné à côté des bacs en plastique censés garder au frais les boissons.

Benoit paie sa tournée et glisse dans chaque main de ses copains une bouteille. Il me regarde, me fait signe et m'en donne une également. Il sourit et me fait un clin d'œil qui dit :

« T'inquiète, je ne dirai rien aux parents ! »

Je bois une première gorgée, surprise par le gaz contenu dans la bière, je recrache tout par le nez. Lucca m'a vue et se met à rire de bon cœur. Je passe littéralement pour une idiote.

C'est dégoûtant, je ne bois rien de gazeux, je n'aime décidément pas ça. Pas de Coca-Cola, pas d'Orangina et encore moins de la bière. Il fait très chaud et j'ai soif malgré tout. Une fille arrive vers moi et me tend un gobelet en plastique.

— Vas-y, n'aie pas peur, c'est du Banga ! Je viens de le faire. Je n'aime pas ça non plus, la bière, mais les mecs ne pensent jamais à nous pendant les soirées.

Je n'ai pas revu cette fille, je fais le tour des lieux, mon verre à la main. Mon frère veille sur moi de loin, je le vois. Lucca aussi me regarde, je ne sais pas vraiment ce que je lis dans ses yeux.

Je m'assois près du feu de camp qui vient d'être allumé. D'autres s'installent, Lucca prend place à côté de moi, sa cuisse touche la mienne. Un frisson me parcourt le corps. Un garçon sort une guitare et commence à jouer. Dans mon dos, je sens la main de Lucca qui me caresse du bout des doigts, me faisant tressaillir. Je ne vois pas le temps passer, je reste là sans bouger. Lucca me regarde, il sourit, je me sens bien.

Benoît me fait signe que c'est l'heure de rentrer. Déjà !

Chapitre 20
Charlotte

Margaux a tapé dans le mille. Je me prends la réalité en pleine figure, maintenant que je suis loin de chez moi. Je respire enfin. Mon corps se détend, mes épaules se relâchent. Je ne sens plus cette oppression dans ma cage thoracique, omniprésente lorsque je suis à la maison. C'est une sensation étrangère, lointaine, agréable.

Fini le statut de commerciale, d'épouse et de mère des jumeaux. Je me retrouve enfin moi ! Fini les *check-lists* qui tournent en boucle dans ma tête. Fini les plannings, fini l'organisation à la seconde près. Je ne pense qu'à moi, je ne m'occupe que de moi. Vive la spontanéité et l'imprévu. D'ailleurs, j'ai envie d'un mojito !

Je retrouve Lalie accoudée au bar, bavant devant Lissandro, ils sont en pleine conversation. Heureusement que sa paume de main tient son menton, sinon il tomberait et sa langue pendrait.

— Un mojito, s'il te plaît.

Lalie me regarde avec de gros yeux. Je lui réponds :

— Ce n'est que mon troisième, c'est bon, maman !

— Alors, un mojito pour mademoiselle ? me questionne Lissandro en jouant du pilon pour la glace. Et désolé, Lalie, je n'ai pas eu le temps d'effectuer les recherches que je t'avais promises ! Je te mets la même chose que ta copine ?

— Oui, mais doucement sur le rhum, beau gosse ! Je tourne vite avec les alcools forts.

— Ah oui, je vois ! Un verre et vous êtes déjà intimes tous les deux ? dis-je. Je te le laisse, Lalie. Et pour une fois, ne respecte pas ta règle des trois rendez-vous avant de lui dire que tu as follement envie de lui !

Je prends un malin plaisir à faire rougir ma bichette adorée. La mettre mal à l'aise m'amuse particulièrement. Elle bafouille :

— Mais non, pas du tout, enfin si, désolée, Lissandro ! Oh ! j'adore cette chanson ; allez viens, Charlotte, on va danser. À plus.

Lalie se lève du tabouret haut, m'empoigne le bras.

— T'abuses, Charlotte !

— Oui, mais j'ai raison ?

— Possible.

— Pense à lui donner ton 06 avant de partir !

— Il l'a déjà, idiote !

— Alors, n'attends pas qu'il te rappelle. Envoie-lui un message maintenant.

— Mais pourquoi ? Et puis tu veux que je lui dise quoi ?

— Cap ou pas cap ?

— Ah non, Charlotte, on n'a plus quinze ans ! Arrête, je crois que la menthe te monte au nez !

— Donne-moi ton portable.

Lalie s'exécute avec une facilité déconcertante et me laisse composer le message : « Rendez-vous demain, 21 h 30, à l'église de Bastelica. »

Chapitre 21
Vanessa

Toujours allongée dans le lit, j'attrape la télécommande, et actionne l'ouverture du volet roulant de la baie vitrée qui me fait face. Je veux la même chose à la maison, je dois envoyer un message à Théo pour lui dire. Mais, la vue n'est pas aussi belle chez moi ! Ce n'est donc pas nécessaire que je le contacte pour ce genre de chose. Je lui adresse un « bonne journée » avec la photo du paysage depuis mon lit.

D'ici, j'ai juste à relever mon corps pour tout observer. À gauche, la montagne, et à droite, la mer. Le ciel est bleu, pas un nuage à l'horizon, le soleil pointe lentement le bout de son nez. Par réflexe, je regarde l'heure sur mon portable : 8 h 08. Encore ! Depuis quelques jours, chaque fois que je consulte ma montre, ou que je regarde l'heure, je tombe sur cette heure miroir. Ma belle-mère dirait que c'est un signe.

Je décide de ne pas réveiller tout de suite Margaux, le soleil s'en chargera. J'interroge mon ami Google. Je tape dans la barre de recherche : heure miroir, signification 8 h 08.

« 8 h 08, l'heure de la transformation en numérologie. Plus concrètement, voir la répétition du chiffre 8 peut être le signe qu'il est temps d'agir, qu'on ne peut plus fuir nos responsabilités. Un besoin de changement s'impose, une situation doit être dénouée. ». D'accord, j'ai compris le message. Cette situation me pèse depuis que j'ai appris la nouvelle.

Je l'ai su deux jours avant de partir. Théo est catégorique, sur le principe, je suis d'accord avec lui, mais dans les faits, c'est beaucoup plus compliqué. Les filles n'en savent rien, et je crois que maintenant j'ai besoin de leur soutien. J'ai juste le temps du voyage pour dénouer la situation, comme l'a si bien dit mon ami Google.

Margaux ouvre les yeux, et le sourire qui se dessine sur son visage en regardant par la baie me chasse de mes réflexions intérieures.

— Tu es réveillée depuis quelle heure ?
— 8 h 08.
— Ah ! Mon heure miroir à moi c'est 23 h 23 !
— Ah ! Tu y fais attention aussi ! Et tu as regardé la signification ? Tu crois à ces « choses » ?
— Je ne sais pas si j'y crois, mais a priori, c'est positif pour moi !
— Allez debout, petit déj' et après, direction Ajaccio. On se fait le marché sous les halles, on se procure de quoi faire un pique-nique et ensuite plage.
— Oui, maman, je pense que ce planning va plaire aux filles, surtout pour la dernière partie !

Chapitre 22
Solange
1983

C'est la fin de nos vacances, nous devons rentrer à la maison, le bateau part dans quelques heures. Avant de nous rendre à Ajaccio, nous devons tout remettre en ordre, effacer toutes traces de notre passage, ranger chaque pièce de la villa pour qu'elle soit prête lors de notre prochaine visite. Et ainsi, pouvoir la retrouver belle comme un sou neuf.

J'ai le cœur rêche, tout comme les serviettes que je plie depuis une heure. D'abord les serviettes de bain, celles de toilette, celles de plage, des plus petites aux plus grandes et enfin les draps. Je comprends maintenant quand maman nous demandait de les utiliser plusieurs jours de suite. Quelle plaie, le linge ! Je n'aurai jamais d'enfants, ou du moins, pas trois. C'est une corvée interminable.

Isabelle passe le balai en fredonnant *Girls just want to have fun*, il y a du sable partout. Ces grains que l'on emporte avec nous en rentrant de la plage, ceux qui font remonter des souvenirs quand on en retrouve au fond d'une poche en septembre. Mais pour le moment, ils ne font pas sourire Isabelle qui regrette qu'il n'y ait pas d'aspirateur ici. Je la regarde constituer des petits tas un peu partout. Nous pourrons aisément faire un château, une fois que toutes les pièces seront passées au crible. Puis un courant d'air s'empare de la maison et son dernier amas de sable s'envole. Je crois que, là, elle n'est plus du tout *to have fun*.

Papa et Benoit s'occupent de ranger tout l'extérieur, ils remisent vélos, transats, chaises et tables dans la petite dépendance qui se trouve un peu en retrait dans le jardin. Ce bâtiment a été ma cachette secrète quand j'étais enfant. Elle l'est encore aujourd'hui. Il y a plein de vieux meubles, de cartons de souvenirs d'ici qu'on ne ramène pas chez nous. Il y fait frais et c'est l'endroit idéal pour lire ou pour s'y cacher quand on n'a pas envie de faire les corvées. Il nous reste à arroser les plantes une dernière fois, charger la voiture et nous pourrons partir pour Ajaccio.

Habituellement, je suis contente de rentrer à la maison pour retrouver mes amies. Mais cette année, c'est particulier. J'ai vécu quelque chose de magique, d'inoubliable. Mon premier baiser. Elles se moqueront certainement de moi si je leur raconte mon histoire avec Lucca. Je vais donc garder ce secret.

J'ai vu Lucca pour la dernière fois hier, derrière l'église, lieu de notre premier et de notre dernier baiser. Et celui-ci était rempli du sel de mer qu'il a toujours sur ses lèvres, et du sel de mes larmes qui coulaient à l'idée de le quitter. Il a promis de m'écrire et il a glissé dans mes poches un papier sur lequel il a inscrit son adresse pendant qu'il m'enlaçait. Il a dit qu'il m'appellerait également, mais je crains que tout le monde entende ma conversation à la maison, alors je préfère écrire, effectivement. J'ai plusieurs correspondantes, une Anglaise et une Allemande, suite aux échanges intercollèges puis lycées, alors un courrier de plus n'attirera pas l'attention de mes parents. J'espère qu'il tiendra sa promesse. En tout cas, moi, je compte bien tenir la mienne et lui envoyer la première lettre.

Le bateau part dans quelques minutes, la voiture est stationnée en soute et nous sommes sur le pont pour regarder l'île s'éloigner.

J'observe l'horizon, par réflexe, je me remémore

chaque instant passé ici, cet été. J'aperçois une mobylette sur le quai : c'est Lucca.

Mon frère lui fait un signe de la main puis tourne la tête vers moi et me fait un clin d'œil.

Il sait…

Chapitre 23
Vanessa

Bouger son popotin sur le *dance floor* jusqu'à deux heures du matin, on n'est plus habituées. C'était génial ! Maintenant, j'ai un mal fou à réveiller les deux autres locataires de la villa, c'est peut-être dû au fait qu'elles ont un peu abusé de l'alcool et pas moi.

Je n'ai dormi que cinq petites heures, mais ce n'est pas grave. Lalie a déjà programmé pas mal de choses pour ce voyage. Mais aujourd'hui, c'est moi qui mène la danse ! Il a fallu moins d'une demi-journée pour que chacune retrouve sa place dans notre quatuor, comme à l'époque. Ce qui est plutôt agréable. Charlotte a toujours été force de proposition, elle aime organiser, cadrer les choses. Margaux et Lalie se laissent bercer et sont systématiquement partantes quoi que l'on fasse. Moi, c'est plutôt quand l'envie me prend.

Après avoir avalé un petit déjeuner, un passage rapide par la salle de bains est nécessaire pour essayer d'enlever les traces de la soirée de la veille. La douche me ravigote. Une heure plus tard, nous sommes prêtes. Nos lunettes de soleil nous aident à cacher la fatigue qui se lit sous nos yeux, mais le sourire est bien présent sur toutes les lèvres.

Lalie se sent d'humeur aventureuse et prend le volant. Le GPS indique trente-trois minutes de trajet, mais si c'est comme pour la randonnée, nous allons multiplier par deux ce temps de route, ce qui laissera tout le loisir aux deux autres bichettes d'émerger.

Ajaccio comptait 72 647 habitants en 2020, ce qui en fait la plus grande ville de Corse. Ses habitants sont appelés « Ajacciens ». Surnommée la « cité impériale » en référence à l'empereur Napoléon Ier, originaire de la ville et né le 15 août 1769, trois mois après la conquête de l'île par l'armée de Louis XV. Elle fut la première ville libérée de France métropolitaine pendant la Seconde Guerre mondiale, le 9 septembre 1943.

Je crois que je vais saouler les filles si je partage ma lecture. Je garde donc pour moi ces informations et finis de lire rapidement l'article sur Wikipédia. Je trouve important d'avoir un minimum de connaissances sur les lieux que l'on visite. Je lève régulièrement le nez de mon téléphone. La route est sinueuse, j'ai la nausée. J'ai encore eu une super idée d'alimenter ma culture générale en voiture ! J'ouvre la fenêtre, je respire, je jette un œil aux passagères de derrière, elles ont le visage collé à la vitre, on admire le paysage.

Nous voilà arrivées, une heure trente après notre départ. Ah, la Corse ! C'est une île à apprivoiser et où il faut savoir prendre son temps. Les paysages montagneux que nous traversons sont magnifiques, et cette odeur de maquis qui me chatouille les narines me ravit. J'espère pouvoir ramener dans ma valise cette senteur. Peut-on emprisonner cette fragrance dans un bocal ? J'en ferais bien une nouvelle drogue, un shoot d'odeur qui raviverait les moments partagés ici avec les bichettes.

Chapeau de paille sur la tête, nous sommes accueillies sur le marché place des Palmiers. On y retrouve toutes les saveurs, les parfums et les sons d'un vrai marché du Sud. Celui-ci regorge de vie et d'excellents produits locaux.

Après avoir goûté quelques morceaux de charcuterie, nous choisissons du lonzu, de la coppa et de la pancetta. Chez le primeur, nous prenons des tomates cerises, du melon et du concombre. Un marchand nous hèle pour nous proposer une spécialité sucrée : l'ambrucciata. C'est une tartelette garnie de brocciu (fromage au lait de brebis), d'œuf et de sucre battus, puis cuite dans la pâte feuilletée. Un vrai délice !

Nous avons évidemment craqué et pris une demi-douzaine de ces petites merveilles.

Direction la plage du Ricanto avec toutes nos provisions, que je ne mangerai pas, car je suis repue d'avoir picoré çà et là tout le long du marché. La plage est bondée, on essaie de se trouver un petit coin tranquille. Charlotte râle déjà.

— Aussi loin possible des enfants, *please*, on n'a pas les nôtres, ce n'est pas pour se faire enquiquiner par ceux des autres !!!

Sur ce coup-là, elle n'a pas tort. On s'éloigne un peu du bord de la plage. De toute façon, aucune de nous n'a l'intention de mouiller le maillot. Ce sera après-midi en mode toast, pour parfaire notre bronzage, histoire de se faire jalouser par tout le monde en rentrant. Une heure sur le ventre, l'autre sur le dos, et le tour est joué. Ceci avec une bonne tartouille de crème solaire indice 50, tout de même.

Les foutas installées sur le sol, nous retirons chaussures et vêtements superflus, laissant apparaître nos plus beaux maillots de bain. Lalie déballe les provisions, les filles grignotent, je sors de mon sac thermos trois Despé encore fraîches et un Coca pour moi.

— À la nôtre, les filles !

La première gorgée est salvatrice, il doit faire au moins vingt-huit degrés. Charlotte vide sa bière presque d'une traite.

— Ne me regardez pas comme ça, j'avais soif ! Et qui n'a pas fait de même avec le mojito, hier ? Hein ! J'ai des preuves en images !

— Moi aussi, j'ai des preuves, dit Lalie. Danser debout sur le bar ! Hein !

— En même temps, il était excellent ce mojito, et que dire de la musique ? confirme Margaux.

Nous rions de bon cœur. Une fois rassasiées, nous nous allongeons sur le dos. Margaux attrape son portable et échange quelques messages, je fais de même et prends des nouvelles des enfants. Charlotte regarde son téléphone, elle vient de recevoir une photo de ses garçons, envoyée par sa mère. Je me permets de lui demander.

— Toujours aucune nouvelle de Maxime ?

— Non, et finalement, je me rends compte que cela ne me manque pas du tout. Mais j'ai un petit pincement au cœur quand je vous vois textoter avec vos hommes. Je suis admirative et presque jalouse de la relation que vous avez avec vos maris !

— J'avoue que le manque commence à se faire sentir, prononce Margaux, même si cela ne fait que deux jours.

— Moi aussi, la présence de Théo me manque, c'est une partie de moi qui n'est pas là. On n'a jamais été aussi longtemps séparés.

— Je ne crois jamais avoir ressenti cela avec Maxime, je ne sais même pas si je l'ai aimé un jour… Enfin, pas comme vous, pas avec mes tripes.

— Tu ne peux pas dire cela, s'emballe Lalie. Vous êtes ensemble depuis combien de temps ? Et puis, vous avez les garçons, quand même !

— Tu parles, on a couché deux fois ensemble, je suis tombée enceinte la deuxième. Il a voulu assumer, je voulais le quitter avant de l'apprendre. Il m'a convaincue que j'étais la femme de sa vie, qu'il serait là. Il a su emballer mon cœur dans un joli paquet-cadeau plein de promesses qu'il n'a pas tenues. On s'est mariés le mois suivant, et sept mois plus tard, Edgar et Hippolyte sont nés. Aujourd'hui, ils ont treize ans et sont déjà au collège, je n'ai rien vu passer. Alors oui, Maxime a été là pour eux la première année, puis il s'est plongé dans le travail, pour obtenir une stabilité financière, comme il le souligne dès que possible. À croire qu'il n'y a que son travail qui fait bouillir la marmite, je peux vous dire que mon salaire subvient également au besoin de la famille. Je vous fais grâce de mon budget alimentation, des factures et impôts, je pense qu'on est tous dans le même cas. Notre couple n'a jamais vraiment existé en tant que tel. Et je vous confirme que ce n'est pas un enfant qui soude deux personnes, alors imaginez deux ! Nous ne sommes que des parents.

— Oh, bichette, compatit Lalie en lui caressant le bras. Je ne pensais pas que… enfin, c'est vrai que votre mariage en a surpris plus d'un ! Mais je te croyais heureuse.

— Je suis heureuse dans mon rôle de mère et d'épouse. Mais paradoxalement, je savais au fond de moi que ça ne collait pas, nous n'avons jamais été des amants. Quand je vous vois et vous écoute parler de vos hommes, je n'ai pas, comme vous dites, les papillons dans le ventre, les yeux qui brillent, le cœur qui s'accélère, l'envie, le désir, la passion. Maxime était tellement heureux quand il a su pour la grossesse, et encore plus lorsqu'il a appris pour les jumeaux, je me suis laissé bercer. Sa demande en mariage était réellement touchante.

— Ah, les fameux papillons ! se moque Margaux.

Nous passons quelques minutes à discuter avec Charlotte sur la situation, lui remémorant les bons moments malgré tout, mais en réfléchissant bien, nous ne voyons que la partie émergée de l'iceberg. Qui sait ce qui se passe chez nos amis quand la porte est fermée ? Finalement, je ne connais pas si intimement Maxime que cela. Je sais qu'il n'est pas forcément facile et qu'il a des idées bien arrêtées sur les choses, qu'il est du genre un peu misogyne. Il pensait qu'après la naissance d'Edgar et Hippolyte Charlotte deviendrait mère au foyer, mais dès qu'ils sont entrés à l'école, elle a retrouvé un travail et a tenu tête à Maxime.

— Confidence pour confidence, les filles, commence Margaux, ce n'est pas facile non plus en ce moment avec Malik. Un autre homme me drague et je suis à deux doigts de craquer !

— C'est pas vrai ! s'étonne à nouveau Lalie, je croyais tout savoir de vous ! Mais comment peut-on en arriver là ?

— C'est qui ?

— On le connaît ? On l'a déjà vu ? Il est beau gosse ?

C'est une avalanche de questions qui déferle avant que Margaux ne puisse répondre :

— Le train-train quotidien, le boulot, les enfants, on s'oublie en tant que couple. On ne cherche plus à raviver la flamme, les papillons ! On pense que tout est acquis. Et puis, quand un autre homme s'intéresse à nous, à moi, me regarde, m'écoute, j'en perdrais presque la tête. Je me rends compte que l'amour, le couple, s'entretient au quotidien et que Malik ne fait plus d'efforts. Ce voyage tombe à pic ! J'ai besoin de faire le point aussi.

— C'est vrai que ces premiers instants de découverte, de séduction, de conquête, sont magiques. Mais pour ma part, cela devient fatigant. Cela dure une semaine, deux semaines, et une fois que « l'homme » a réussi à me mettre dans son lit, c'est fini. Autant annoncer la couleur directement : « Recherche femme pour un soir ou deux, mais rien d'autre, ne souhaite pas d'engagement ! », enchaîne Lalie.

— Parce que tu souhaites t'engager ? Je croyais que ta relation avec « celui dont on ne doit pas prononcer le nom » t'avait vaccinée.

— De l'eau a coulé sous les ponts depuis, cela fait deux ans, bientôt trois que je vis seule, et mon horloge biologique tourne, j'ai envie d'amour, d'enfants, de maison aux volets bleus…

— Le package complet quoi, coupe Charlotte. Oh ! Lalie qui vit toujours dans le monde des bisounours…

— Et donc, tu n'as pas répondu à toutes nos questions, Margaux ?

— Joker, je vous en parlerai un jour, si vous êtes sages.

— Tu nous en as trop dit ou pas assez, affirme Lalie.

Je suis parfaitement en confiance avec ces filles-là, et après ce que je viens d'apprendre, je n'ai encore rien dit et je suis prête à lâcher une grosse bombe ! Enfin, peut-être pas aussi énorme que celles qu'on vient d'entendre ! Et je crois que cela arrangera bien Margaux de ne plus être le centre de l'attention. C'est à mon tour de me lancer.

— Confidence pour confidence, moi aussi j'ai quelque chose à vous dire, les filles : je suis enceinte !

— Vanessa ! s'exclame Lalie.

— Mais t'as pas un stérilet ? interroge Margaux.

— Bonne ou mauvaise nouvelle ? demande Charlotte.

Six paires d'yeux me fixent, pendues à mes lèvres, elles attendent que je dise quelque chose.

— C'est une nouvelle, on va dire ça comme ça. J'ai effectivement un stérilet, mais il semblerait que ce ne soit pas fiable à 100 %. Ou plutôt à 99 %, je suis donc dans les 1 % !

— La vache ! Vous êtes méga fertiles, vous deux ! dit Lalie.

— Théo veut que j'avorte ! Sur le principe, je suis d'accord avec lui, nous avons trois enfants, Adèle n'a que trois ans. Mais c'est une décision que je n'aurais jamais voulu prendre. Je l'ai su deux jours avant de partir. Je suis allée aux Urgences pour écarter une grossesse extra-utérine et évaluer le danger avec le stérilet. J'ai été reçue par une interne très sympathique, au demeurant. Elle m'a fait une échographie, il semblerait que la grossesse ne soit pas très avancée, une à deux semaines seulement.

— Mais comment tu l'as su alors ? demande Lalie.

— Mes seins ne rentraient plus dans mes soutifs !

— T'es con, je trouve tes seins toujours pareils ! Le gauche semble effectivement plus gros ! Et ton ventre : la petite bouée est toujours là, me taquine Lalie.

— Ne dis pas n'importe quoi, c'est légèrement vexant, la coupe Charlotte. Et donc, Vanessa ?

— Donc, ma première réaction a été de dire à l'interne que je n'en voulais pas de ce bébé ! Et là, son regard a changé. Je ne pensais pas que je serais jugée ! Elle n'a rien dit, mais ses yeux en disaient long. On est en 2023, quand même ! Elle est trop jeune pour avoir des enfants et donc comprendre ma détresse de l'instant. Bref, une sage-femme est arrivée pour superviser l'interne. La sonde de l'échographe a une nouvelle fois traversé mon vagin. On m'a ensuite retiré le stérilet pour éviter tout problème. Ça ne fait pas du bien non plus, peut-être même pire que de le mettre, cette petite pièce en cuivre de rien du tout. J'ai eu l'impression de devoir justifier mon choix de vouloir arrêter cette grossesse auprès de ces deux jeunes femmes qui me regardaient, dubitatives.

— C'est pas possible ! Je suis outrée, dit Margaux, c'est ton corps, c'est ton choix, c'est ta vie ! En plus, ce n'est pas comme si tu n'avais aucune contraception ! Donc, de base, tu faisais en sorte de ne pas avoir d'autres enfants !

— On est bien d'accord, dis-je en buvant une nouvelle gorgée. Donc là, concrètement, le fait de retirer le stérilet va, soit interrompre la grossesse naturellement, dans 50 % des cas, soit faire commencer le délai de onze jours.

— Le délai de quoi ? demande Charlotte.

— Le délai de réflexion que j'ai pour savoir si je ne souhaite vraiment pas de cette grossesse !

— Ah bon ! Mais si tu es certaine de ne pas en vouloir d'autres ? Je ne savais pas que cela se passait comme ça, s'étonne Lalie.

— Moi non plus, donc une fois le délai des onze jours passé, je dois retourner à l'hôpital dans le service je-sais-plus-quoi, pour voir un médecin « habilité » à prescrire un médicament qui provoque l'arrêt de la grossesse.

— Oh, putain ! Pardon, c'est sorti tout seul, dit Charlotte, tu as donc onze jours pour réfléchir si tu souhaites vraiment arrêter la grossesse ou pas ! La torture…

— Oui, même si finalement ce n'est même pas le début d'un embryon. C'est une situation horrible. J'espère sincèrement que les choses se feront naturellement, je n'ai pas envie de prendre cette décision ! En plus, pour le moment l'œuf est à peine formé, ce n'est pas certain que le développement se fasse. Théo est tellement catégorique sur le sujet. Et moi, je doute. C'est vrai que ce ne serait pas idéal, mais en même temps, c'est le destin ! Je suis perdue.

— On dirait bien que ce voyage est une parenthèse dans vos vies, les bichettes, dit Lalie. Allez, on remballe tout et on rentre, je crois que j'ai pris quelques coups de soleil. Ce soir, pizzas à emporter ! Lissandro m'a donné une super adresse.

— Ah, Lissandro… disons-nous en chœur sur un ton moqueur !

— Tu l'as revu quand, sachant que nous sommes toujours ensemble ?

— Nous échangeons par message depuis… bref, et il m'a donné quelques adresses…

— Hum hum, des échanges de messages… des adresses… se moque Charlotte.

— C'est bon, les filles, arrêtez, sinon j'annule la surprise prévue pour demain. Je crois que vous l'avez bien méritée après tout ce que j'ai appris aujourd'hui. Et puisque c'est comme ça, je n'irai pas au rendez-vous que Charlotte a pris à mon insu ! Je peux dire la vérité à Lissandro… qu'on s'est fait passer pour moi en usurpant mon portable et en envoyant cette invitation, et que finalement je préfère passer la soirée avec mes amies…

— Là, tu rêves, ma vieille, à travers toi, nous allons revivre les premiers émois des débuts d'une histoire, dis-je. Et qui sait, c'est peut-être le prince charmant ?

— Les débuts de rien du tout, oui, allez hop, en voiture et prem's sur la douche, alors. J'ai un *date* !

Chapitre 24
Solange
1984

Comme promis, je lui ai envoyé la première lettre. Ce fut un peu comme une bouteille à la mer, je n'attendais rien en retour, et ma surprise fut grande quand trois semaines plus tard j'ai reçu une réponse. Il a une très jolie calligraphie, et s'il n'avait pas mentionné notre dernier baiser, dont il se souvenait comme si mes lèvres étaient encore sur les siennes, j'aurais pu penser que c'était sa sœur qui l'avait rédigée. Nous avons échangé une lettre par mois. Je lui racontais principalement mon quotidien. Lui répondait à mes questions, mais il restait toujours un peu évasif. Il m'écrivait que je lui manquais et c'était déjà beaucoup.

Je me suis préparée assidûment au bac de français. J'avais passé l'examen du brevet, la boule au ventre. Toutes mes copines l'avaient obtenu en contrôle continu. J'avais étudié à chaque période de vacances scolaires, alors qu'elles s'amusaient. Je ne voulais absolument pas renouveler la désagréable expérience, alors j'ai travaillé tout au long de l'année. De plus, mon père me disait que si je n'obtenais pas cette première étape pour le GRAAL ultime, le BAC, je ne viendrais pas en Corse cette année, et qu'en guise de vacances j'irais dans une colonie avec des cours de remise à niveau. Alors, j'ai beaucoup potassé. J'ai étudié d'arrache-pied. Je l'ai obtenu haut la main. Je pars en Corse demain.

Benoit ne fera pas partie du voyage, comme il souhaite s'acheter une voiture, il doit travailler. Mes parents ne resteront que trois semaines. Mes grands-parents étant enfin à la retraite, ils viennent avec nous, ainsi, ma sœur et moi pourrons rester presque tout l'été.

J'ai peur, j'ai hâte, je suis impatiente, je suis nerveuse, je vais retrouver Lucca.

Chapitre 25
Lalie

Comme prévu, j'ai réquisitionné la salle de bains en premier. Après une douche rapide et un petit gommage, je *m'autocongratule* d'être allée chez l'esthéticienne avant de partir, mes jambes sont douces comme la peau d'un bébé, un peu de crème hydratante et le tour est joué. J'enfile une jupe longue à fleurs et un tee-shirt blanc. Je voulais être jolie, mais rester moi-même, naturelle et simple, un léger passage de mascara sur les cils, deux sprays de parfum et je suis prête. Les filles sont toujours en train de déguster les dernières parts de pizza quand je leur demande :

— Vous êtes certaines, les filles, ça ne vous embête pas que je vous abandonne, ce soir ?

— Abandonne-toi plutôt dans les bras de Lissandro, cela nous fera plaisir ! dit Charlotte.

— Aucun problème pour moi ! renchérit Vanessa. J'avoue que je suis un peu fatiguée, je ne dors pas très bien. C'est qu'on n'a plus vingt ans ! Je vais donc en profiter pour essayer de me coucher tôt. Mon corps ne va pas tenir si on veille jusqu'à deux heures du mat tous les soirs !

— J'apprécie que tu ne mettes pas tes problèmes de sommeil sur le compte de mes ronflements continus, Charlotte.

— Je n'oserais pas !

— Quant à moi, je suis en train de lire un livre hyper prenant, je crois que je vais savourer une soirée lecture, au coucher du soleil, annonce Margaux.

— Vous êtes géniales. Promis, je ne rentrerai pas tard.

— Ou rentre juste à l'heure pour ta surprise de

demain ! D'ailleurs, tu peux nous en dire plus ?

— *PLEASE*, supplient-elles toutes en chœur avec les mains jointes comme si elles priaient.

— Je ne vous dirai rien du tout ! Allez, ciao, je vais être en retard. J'y vais à pied, ce n'est pas très loin, ne m'enfermez pas dehors, hein ! Je ne prends pas mes clefs.

— Profite bien, bichette…

À peine dix minutes plus tard, je suis près de l'église. Je passe devant un homme lisant son journal assis à l'ombre d'un olivier centenaire, sur la place non loin de l'église. Je le reconnais, c'est notre voisin. J'avance vers le lieu de rendez-vous. Je marche près de lui, j'hésite à le saluer, mais Lissandro est là, il m'attend assis sur sa moto. Il est canon, il porte un jean et son tee-shirt blanc fait ressortir son teint mat. Je m'approche et m'adosse au mur de l'édifice. La pierre est encore chaude des rayons du soleil de la journée. Je suis nerveuse… on dirait que j'ai seize ans, pourquoi je réagis comme cela ? Bonne question. C'est bête, après tout. J'ai eu quelques rendez-vous cette année, tout de même. Je ne sais pas vraiment quand nos échanges ont pris une tournure plus personnelle. Dès que je reçois un message de sa part, je souris, j'attends une réponse avec impatience. Je me suis peut-être un peu emballée. De son côté, il ne ressent peut-être rien et agit ainsi avec tous ses clients.

Il descend de sa moto, met la béquille et s'approche de moi. Il pose ses lèvres sur les miennes avant de prononcer :

— Tes lèvres appellent à la luxure, j'en avais envie depuis le premier jour où je t'ai vue. J'y ai d'ailleurs pensé toute la journée, murmure Lissandro au coin de mon oreille, avant de m'embrasser, plus passionnément cette fois.

Ses mots me font fondre. Je suis une mare de désir, incapable d'aligner une pensée cohérente. Mes mains ont faim de lui, je lui rends son baiser. Je m'étonne moi-même de cette réaction purement physique. Est-ce vraiment du désir ou est-ce la chaleur ? L'insolation me guette ! Assez directif, il m'ordonne :
— Monte, je t'emmène !
— Je suis en jupe et tu n'as pas de casque !
— En voilà un !
Je remonte ma jupe assez haut pour laisser apparaître mes cuisses. Lissandro me regarde avec les yeux qui brillent de désir. Un shoot de confiance en moi m'envahit. Je me sens aventurière. Il enjambe sa moto, j'enfile le casque qu'il me tend, puis je monte derrière lui et passe mes mains autour de sa taille, je le serre fort. Sa barbe de trois jours me pique encore les lèvres. Ma déesse intérieure se réveille. Un baiser et elle s'emballe. Cela fait tellement longtemps qu'un homme ne m'a pas regardée avec autant de désir. En y réfléchissant, je l'ai senti dès notre premier échange.

Nous arrivons dans le centre de Porticcio, à quelques minutes à peine de Bastelicaccia. Lissandro a réservé un petit resto, une paillote sur la mer. Une fois installé, il commande pour nous deux le même cocktail. Je consulte la carte que le serveur nous tend. Le hamburger aux tomates séchées et brocciu me fait envie, j'en salive d'avance. Le serveur revient avec nos boissons et nous demande si nous avons choisi. Lissandro ne me laisse pas l'honneur de commencer et annonce :
— Le veau pour cette jolie jeune femme, et pour moi, des cannellonis au brocciu. Tu verras, c'est un vrai délice.

— Et c'est la spécialité du chef, répond le serveur. Très bon choix, monsieur. Pour accompagner vos plats, je vous conseille un petit rosé corse.

— Parfait, merci.

Je ne sais pas si c'est parfait, mais je suis stupéfaite, pourquoi on commande toujours à ma place ? Lissandro fait-il ça par gentillesse et a-t-il choisi spécialement ce restaurant pour me faire goûter un plat typiquement corse ?

— Alors, c'est quoi l'idée de ce voyage entre filles ? Fuir maris et enfants ? Tu es bien célibataire ?

Magnifique entrée en matière…

— Oui, je suis célibataire, et non, ce n'est pas une fuite, c'est un besoin. Et puis, nous sommes libres de faire ce que l'on veut, non ?

— Ah, je vois ! Passons, j'ai eu une journée chargée. Des débats sans fin avec une cliente qui ne déroge pas sur le prix de vente de sa maison, alors que mes clients lui ont fait une offre plus que raisonnable ! Et je ne veux surtout pas m'asseoir sur une belle commission, donc je suis obligé de faire le dos rond et marcher sur des œufs. C'est très fatigant d'être aimable.

— Ah, je vois !

Lissandro déblatère pendant une dizaine de minutes avant que l'on soit servis, sans même me poser de questions, me laisser en placer une, s'intéresser un minimum. Il est autocentré, c'est incroyable. Un narcissique en puissance, je le sens. Pourquoi j'attire tous les mecs dans son genre ?

La soirée me semble moins délicieuse, tout à coup. Ma déesse intérieure se meurt. Les plats arrivent, le serveur pose devant moi une assiette creuse avec de gros morceaux de viande, une sauce qui sent divinement bon, mais avec des olives ! Je n'aime pas les olives. Je reste polie et goûte le plat. L'amertume de l'olive verte me gâche vraiment le repas. Je ne mange que deux morceaux et repose mes couverts.

Après trois bonnes minutes, Lissandro s'en rend enfin compte et me balance :

— C'est pour garder la ligne que tu ne manges pas plus ? À moins que tu te réserves pour le dessert ? Moi, en l'occurrence.

— Non, en fait, je n'aime simplement pas ! Je rêvais d'un bon gros hamburger avec des frites, mais tu as choisi pour moi.

— Ne boude pas, je partage mon assiette, si tu veux ?

— Ça va aller, merci…

Lissandro reprend son monologue, j'admire la vue qui est bien plus inspirante. Le serveur nous débarrasse et nous donne la carte des desserts. Lissandro refuse cette proposition sucrée pour nous deux et demande un café et l'addition. Je ne fais même plus cas de lui. Le soleil qui se couche dans la baie de Porticcio me fascine. J'essaie d'en capturer chaque instant pour m'en souvenir longtemps. Le soleil est presque rose, le ciel est sans nuages, une douce brise me procure des frissons, l'odeur de la mer et le bruit des vagues…

— Lalie, je t'ennuie ? Tu ne m'écoutes pas ?

— Je peux être franche ?

— …

— Oui, tu m'ennuies, tu ne t'intéresses absolument pas à moi et tu monopolises la conversation. Et en plus de ça, tu croyais vraiment que tu allais me servir de dessert ! Tu rêves !

Je me lève et quitte la table, le laissant seul comme un idiot.

Chapitre 26
Vanessa

Tous les soirs vers 19 h 30, j'appelle Théo pour avoir des nouvelles des enfants. Avec du recul, cet éloignement est bénéfique aussi pour notre couple ; je prends vraiment sur moi pour ne pas le contacter dans la journée. Même si parfois j'hésite à lui envoyer des petits mots ou des photos que j'aimerais partager avec lui. Nous nous sommes quittés contrariés. Pour lui, c'est facile, c'est un *non-event*. Le détachement dont il fait part me serre le cœur et m'attriste beaucoup. J'ai l'impression de découvrir une facette de sa personnalité que je ne connaissais pas. Je pense que c'est de la déception que je ressens, je le trouve égoïste aussi, c'est tellement simple pour lui, alors que moi… Je sais qu'au fond de moi un petit être en devenir est en train de se construire. Je ne crois pas qu'il se rende compte de la situation dans laquelle je suis. Je prie réellement pour que la nature fasse les choses. Ce serait bien la première fois que je serais heureuse d'avoir mes règles. Si possible à notre retour, il ne faudrait pas gâcher ce petit séjour !

Une sonnerie, deux sonneries, à trois sonneries, c'est mon dernier bébé qui me répond :

— Allo, maman.

— Allo, Adèle, oh ! ma chérie, ça va, mon bébé ?

— Je *chui* pas un bébé, maman. J'ai *troi-zan* !

— Tu resteras toujours le bébé de maman. Comme tes frères. C'est comme ça ! Tout le monde va bien ?

— Oui, on est tout le temps chez mamie, et papa prend l'apéro avec tonton Maxime et tonton Malik.

— Super. C'est génial ça !

— Oui, je te donne Eden.

— Non, je veux pas lui parler à maman. Elle est pas là, tant pis pour elle.

— Je te passe Tom alors, moi, je veux plus te parler. Je vais finir mon dessin, bisous.

Je déambule dans le jardin de la villa, en attendant qu'un de mes enfants veuille bien me parler. A priori, ils vivent leur meilleure vie et je ne leur en veux absolument pas. Les retrouvailles ne seront que plus belles. En repassant par le devant de la villa, je vois Lalie, seule, à pied !

— D'accord, ce n'est pas grave, mes loulous, je vous fais de gros bisous, je vous laisse. Je vous aime fort. Bisous.

— *Ze* m'aime aussi, maman. Papa dit qu'il t'envoie des messages après, *ze* t'aime aussi.

— Dis-lui que je lui enverrai un message avant de me coucher.

Je raccroche rapidement et viens au-devant de Lalie.

— Mais qu'est-ce que tu fais là ? Et surtout toute seule et à pied à cette heure-ci ? Tu es partie il y a deux heures à peine.

— Alors là, il faut que je vous raconte, j'ai fait un truc incroyable. Une chose que je n'aurais jamais pensé faire. Elles sont où les filles ?

— Elles bullent sur la terrasse, on hésitait entre prendre un thé, aller se coucher ou faire une partie de Uno. Mais à trois, c'est moins drôle, le Uno.

— Eh bien ! Dans l'ordre, on commence par boire un dernier verre ou un thé, mes petites mamies, et je vous raconte ma soirée, et ensuite préparez-vous à prendre la raclée de votre vie !!!

Chapitre 27
Solange
1984

Le trajet en voiture puis en bateau m'a paru durer toute une vie. Mes parents ont remarqué mon empressement à revenir en Corse. J'ai feint une envie de chaleur sur ma peau, la grisaille de la Normandie me pèse sur le moral. Ma mère ayant déjà abordé plusieurs fois elle aussi le besoin de soleil, cette réplique semble les satisfaire. Ce qui n'est pas tout à fait faux, le soleil avait beau faire son apparition à son solstice, la chaleur a eu du mal à entrer dans les maisons. Nous n'avons pas encore quitté pull et gilet, nous sommes pourtant début juillet. Je ne me souviens pas vraiment avoir profité du jardin, et encore moins le soir. Il faut dire que j'ai passé tout mon temps dans ma chambre, à réviser mon français pour le bac. J'aurais pu m'installer dehors, mais un papillon, une fleur, une copine qui passait par là, pouvaient me faire oublier mes révisions. J'ai dû me cantonner à rester dans ma chambre afin d'être vraiment studieuse.

Je me languis simplement de retrouver Lucca. Ma dernière lettre indiquait la date de mon arrivée sur l'île, mais je n'ai pas reçu de réponse. Je n'ai pas eu de ses nouvelles depuis fin mai.

Nous avons sillonné la France du Havre à Marseille en douze heures, puis nous avons pris le bateau en direction de la Corse. La traversée de douze heures avait beau être de nuit, je n'ai quasiment pas fermé l'œil. Nous avons pris trois cabines avec des lits doubles, une pour les parents, une pour les grands-parents. J'ai passé la nuit à discuter avec Isabelle.

Nous avons trois ans d'écart et nous sommes très différentes, nous n'avons pas grand-chose en commun, hormis le fait d'être de la même famille ; c'était donc l'occasion de nous rapprocher un peu.

Le ferry accoste enfin au port d'Ajaccio. Notre périple interminable touche à sa fin. Mon cœur bat la chamade. Je ne sais pas quand je reverrai Lucca. Notre rendez-vous sera à l'aveugle et ce sera magique.

Enfin, je l'espère.

Chapitre 28
Margaux

J'écoute d'une oreille distraite le récit de Lalie, mon portable n'arrête pas de vibrer. J'essaie de ne pas me focaliser dessus. *Next* le Lissandro, je suis fière de Lalie, partir comme cela en plein repas, incroyable. J'aurais voulu être une petite souris pour voir ça ! J'aurais aimé surtout voir la tête de ce gros nigaud assurément beau gosse, néanmoins à l'ego surdimensionné… se faire jeter par la magnifique Lalie. Je crois que celle-là est dans le top *ten* des « Lalilade ».

L'histoire étant classée, nous tournons rapidement la page. Nous sommes sur la terrasse, je vois Charlotte arriver et tenir fièrement un plateau rempli de victuailles (chocolat, thé, biscuits). Elle ne peut pas s'empêcher de nous materner, je l'adore ! Nous sommes en pleine partie de Uno, les règles ont été posées à l'avance, afin de ne pas finir brouillées pour le reste du séjour. On récapitule les règles officielles :

- On ne cumule pas les +2 ni les +4 ;

- On peut couper le tour avec la même carte : même chiffre, même couleur (règle non officielle) ;

- Une fois la dernière carte posée, on compte les points de chaque joueur. On additionne le tout, et celui qui a remporté la manche prend les points. La partie est finie quand un joueur a atteint les 500 points.

Sachant qu'on ne fait rien comme tout le monde, notre règle à nous est inversée, celui qui atteint les 500 points à perdu. La tactique à adopter est donc de se débarrasser rapidement des cartes qui ont le plus de points, comme le changement de sens, l'interdiction de jouer ou le changement de couleurs, qui elle rapporte 50 points.

Je pioche quatre cartes quand Lalie crie Uno, et je rage intérieurement, car après un petit calcul, je viens de piocher 79 points. Charlotte pose une carte, Vanessa la suivante, celle qui m'interdit de jouer, et Lalie gagne. Je perds la manche avec un total de 254 points dont les 79 que je viens de piocher. Je suis verte ! Mais pas mauvaise joueuse pour autant. Je n'ai que 336 points au total ! Il reste quatre tours. Je vérifie que Vanessa n'a pas oublié de compter des points pour les autres bichettes… Lalie : 193. Vanessa : 256. Charlotte : 201. Non, je suis bien la grande perdante. C'est un peu ma faute… je n'étais pas concentrée. Il faut que je me ressaisisse. Ma stratégie n'a pas été bonne sur ce coup-là.

— Bon, il va te lâcher, Malik, ce soir, m'injurie presque Lalie, pour une fois que je gagne la partie, je voudrais bien que tout le monde s'en souvienne !

— Ce n'est pas Malik. Désolée.

— C'est qui ? Pas ton fils, à cette heure-là, dis-moi qu'il est couché ? interroge Charlotte.

— Bien sûr qu'il est couché, je vous ai parlé d'un gars avec qui je discutais, eh bien, c'est lui qui revient à la charge ce soir. Il se trouve qu'il est également en Corse pour affaires. Il veut connaître où je suis exactement pour savoir s'il est possible que l'on boive un verre ensemble. Dans un autre contexte !

— Oh, putain, Margaux, c'est pas vrai !

Vanessa commence à faire une hyperventilation… ce qui nous fait toutes rire.

— Je n'ai rien répondu pour le moment, Vanessa, ne t'inquiète pas. J'essaie de garder mes distances, mais avouez que c'est une sacrée coïncidence ! Et c'est assez tentant !

— Tu l'as rencontré où ? Et c'est qui ce mec ? Pourquoi tu ne nous as rien raconté avant ? Tu l'as déjà vu « en cachette » ? Les Ma-Ma ne vont pas se séparer aussi ?

Les Ma-Ma, c'est nous, enfin notre couple, Margaux et Malik (c'est Tom, le fils de Vanessa qui nous a surnommés ainsi quand il avait quatre ans, et depuis, c'est resté). Bon, ça sonne moins bien que Brangelina[2]. Mais c'est notre surnom.

— Il s'appelle Jonas, il est venu plusieurs fois à la boutique, il devait s'occuper des fleurs pour l'enterrement de sa grand-mère. Je l'ai revu quand j'ai réalisé la livraison. Il a commencé à m'envoyer des messages, de remerciement dans un premier temps, pour le travail effectué et pour ma gentillesse. Puis quelques jours plus tard, je lui ai répondu, il avait l'air très affecté par le départ de sa grand-mère. Et j'avais surtout encore des fleurs à lui livrer. Elle devait être très appréciée, cette dame. J'ai livré Jonas trois jours de suite. Bref, nous nous sommes revus le quatrième jour pour un café, puis de fil en aiguille, nous en sommes arrivés là !

— Arrivé où ? Vous vous envoyez des sextos ?

— Non !!! N'exagère pas, Vanessa, mais on s'écrit régulièrement, il me demande comment je vais, si j'ai passé une bonne journée. Il dit des choses que j'ai envie

---

[2] Brad Pitt et Angelina Jolie.

d'entendre, des choses que Malik ne fait plus. Je ne suis pas en train de tomber amoureuse, rassurez-vous, mais cette « sms-stolaire » me fait du bien ! Je me sens écoutée, intéressante…

— Super, Margaux, tu n'as pas l'impression de « tromper » Malik ? m'interroge Charlotte.

— Ce ne sont que des messages, je ne vois pas où est le mal !

— OK, mais est-ce que tu l'as dit à Malik ?

— Non, je n'en vois pas l'utilité !

— Pourquoi faire ça avec ce mec et pas avec Malik ! Est-ce que tu ne lui enverrais pas, toi, ce premier message de la journée ? Si cela t'affecte autant, pourquoi tu ne ferais pas le premier pas ? Ne sois pas si fière…

— Tu rigoles là, j'espère ! Pourquoi serait-ce à moi de le faire ? Lui aussi peut faire plus attention à moi !

— Certainement, mais est-ce que tu lui demandes comment s'est passée sa journée ? Est-ce que tu t'intéresses vraiment à lui ? La routine nous fait oublier qu'une relation s'entretient, surtout avec quelqu'un à qui l'on tient.

— Tu penses pouvoir me donner des leçons, Charlotte ?

— Je ne te donne pas de leçons, je te questionne.

— Et toi, alors, qu'est-ce que tu fais ?

— Qui te dit que je n'ai rien tenté avant d'en arriver là ? Parce que, justement, quand je dis qu'une relation s'entretient, je ne parle pas que de relation amoureuse… Tu ne sais pas ce que j'ai pu traverser.

— Rien, je n'en sais rien, car malgré ce que tu sous-entends, je suis toujours là pour toi, pour vous, c'est toi qui ne t'ouvres pas. Tu as toujours été secrète ! Alors, vas-y maintenant, explique-nous ce que tu as fait, ou pas, d'ailleurs ! Histoire de ne pas suivre le même exemple. Et puis, dis-nous ce que tu ferais à ma place ?

— …

— Rien ! Tu quittes le navire !

— Oui, mais en ce qui me concerne, il n'y a plus rien à sauver !

— Hum, si tu le dis !

— La grosse différence, tu vois, c'est que les Ma-Ma sont toujours amoureux et ça se voit comme le nez au milieu de la figure.

— Ah ! s'il est comme le tien, c'est certain qu'on ne peut pas le rater, lance Lalie pour essayer de désamorcer la situation.

Nous restons toutes sans voix, regardant Charlotte. Seule sa réaction nous indiquera comment cette soirée va finir. Le nez de Charlotte, c'est un sujet tabou. Elle est super complexée, et c'est un sujet à éviter. À cet instant, difficile de dire si elle est en colère ou si elle a envie de rire…

Finalement, c'est elle qui lance les hostilités en balançant ses cartes au visage de Lalie, qui bien entendu ne se laisse pas faire et répond de la même façon, très intelligente, assurément. Commence alors le jeu du chat et de la souris, vous aurez compris que Charlotte est le gentil matou, tandis que Lalie court comme un petit mulot, une course-poursuite à travers le jardin, en criant telles des gamines de deux ans.

Vanessa est morte de rire. Moi, je ne sais pas si je dois rire ou pleurer, rester là ou me sauver. Elles tournent autour de la piscine en criant comme des petites filles. Je sens que cette histoire va mal finir. Trois, deux, un… plaf, puis plouf. Charlotte a regagné Lalie, dans un câlin mal assuré, elles sont tombées tout habillées dans l'eau. Vanessa me regarde, ni une ni deux, nous retirons nos robes et nous plongeons, tête la première, pour les rejoindre. Fou rire garanti.

De nulle part, nous entendons un :

— C'est pas bientôt fini, ce bordel !

Ce voisin n'est vraiment pas commode… Nous baissons tout de suite le niveau sonore, comme prises en faute par nos parents. Lalie nous fait la promesse d'aller le voir dès que possible.

— En tant que nouvelle propriétaire des lieux, je me dois de lui faire part de mon arrivée, dit-elle avant d'ajouter, je ne suis pas une touriste .

Ce petit bain de minuit ne nous a pas aidées à y voir plus clair, mais il a au moins permis de stopper une partie de Uno qui me donnait perdante. Je prendrai ma revanche demain.

Chapitre 29
Charlotte

Après avoir barboté près d'une heure dans la piscine, nous nous couchons. Je suis déjà sous les draps, prête pour la nuit, mais mon cerveau ne me laisse pas tranquille. Lalie me rejoint.

— Tu ne dors pas ?

— Non, je repense à ma dispute avec Margaux.

— Quelle dispute ? Il n'y a pas eu de dispute ! Un léger débat, je dirais !

— J'y suis allée un peu fort, non ?

— Si on ne peut pas se parler sincèrement, que doit-on faire ?

— C'est sûr, mais j'espère que je ne l'ai pas blessée.

— Pour avoir dit la vérité ? Ma-Ma est le couple le plus solide que je connaisse, après Vanessa et Théo, bien sûr.

— Et nous, dernier du classement ! Super !

— Charlotte, je ne t'ai jamais vue aussi radieuse que ces deux derniers jours, même ta ride du lion a disparu ! Tu es détendue, sereine, je retrouve ta joie de vivre et je redécouvre ton rire.

— Oh, merci, bichette ! C'est vrai que je me retrouve également. Mais je ne te remercie pas pour mes rides.

— Ne t'inquiète pas pour Margaux. Je suis certaine qu'elle ne t'en tiendra pas rigueur. Et ne prolonge pas cette conversation avec ton cerveau cette nuit !

Lalie s'endort en moins d'une minute. Mon cerveau tourne encore en boucle. J'ai fait la morale à Margaux, mais elle a raison finalement : Est-ce que j'ai essayé de réparer les choses avec Maxime ? Charlotte la donneuse de leçons, que je n'applique pas à moi-même, est de retour.

Chapitre 30
Margaux

Après avoir rigolé comme des adolescentes, nous nous couchons. Je suis déjà sous les draps, prête pour la nuit, mais mon cerveau ne me laisse pas tranquille. Vanessa me rejoint.

— Tu ne dors pas ?

— Non, je repense à ce que m'a dit Charlotte.

— Tu ne vas pas prendre la mouche pour une petite remarque ?

— Non, pas du tout, mais cela me fait réfléchir. Elle n'a pas tout à fait tort. Je reproche à Malik des choses que moi-même je ne fais plus.

— Charlotte, la sagesse incarnée !

— N'exagère pas non plus. En fait, je suis triste pour elle.

— C'est évident que quand tu te rends compte qu'il n'y a plus rien à sauver dans ton couple, ça fait mal ! enchérit Vanessa.

— Elle a voulu maintenir une vie de famille pour les enfants, elle gère de manière incroyable sa carrière de commerciale et bientôt de chef de secteur, mais ça me fend le cœur de savoir qu'elle n'est pas heureuse en amour.

— Théo est toute ma vie, avant d'être le père de mes enfants, il est mon meilleur ami, mon amant…

— Sympa pour nous !

— Non, mais tu vois ce que je veux dire, je peux tout lui dire, même si on a des bas, on communique toujours.

— C'est vrai, une fois que la communication est rompue, c'est foutu !

— Tu fais dans la rime ! ricane Vanessa.

— Te moque pas de moi…

— Tu comptes faire quoi avec ton gars ? Tu vas le voir ici ?

— Je ne sais pas ! Ça mettrait un peu de piment dans ma vie, non ? Il n'y a aucun mal à aller boire un verre avec un homme !

— Tu es dingue ! Et si tu succombes ?

— Ce qu'il se passe en Corse reste en Corse, non ?

— Sache que je ne cautionne absolument pas. Et je ne te couvrirai pas.

— Mais tu le ferais pour Charlotte ? Avoue que si c'était elle, tu réserverais même à sa place le resto !

— Ce n'est pas pareil, et comme elle l'a si bien dit : il n'y a plus rien à sauver. On le sait toutes, d'ailleurs, depuis bien des années. Elle, elle vient seulement d'ouvrir les yeux. C'est dur pour elle ! Et on sera là quoi qu'il arrive. Hein, Vaness' ?

— LVMC[3] *forever* ! me *check* Vanessa.

— Oh la vache, je n'ai plus entendu ce cri de guerre depuis au moins quinze ans.

---

[3] Lalie/Vanessa/Margaux/Charlotte

Chapitre 31
Solange
1984

J'ai dû attendre trois longs jours avant de revoir Lucca, il est apparu tel un Apollon sur la plage de Porticcio. Il est passé plusieurs fois devant nous sans nous voir. Et moi, je suis collée à ma serviette, mon cœur bat la chamade, il est encore plus beau que dans mes souvenirs. Je n'étais pas certaine que c'était lui, et puis mes parents sont à côté, je ne voulais pas que nos retrouvailles aient lieu devant eux. Un vendeur de beignets arrive, je prétexte une petite faim pour m'échapper.

Le vendeur s'éloigne, je prends quelques pièces et pars dans sa direction, la plage est bondée, je jette un œil à mes parents, je suis en dehors de leur champ de vision. Je repère Lucca, il est là, de dos devant moi, je ne sais pas comment l'aborder. Mon premier instinct, me mettre sur la pointe des pieds et poser mes mains sur ses yeux. Je lui susurre à l'oreille :

— Devine qui c'est !

Brusquement, mes mains sont arrachées de son visage... Il fait volte-face et me scrute de la tête aux pieds. Je ne bouge pas, je suis tétanisée.

— Solange !
— Oui, c'est bien moi !
— Oh, tu es... enfin, tu as changé...

Lucca semble ne pas trouver les mots. Est-il heureux de me retrouver ou au contraire, est-il déçu ? Dame Nature a fait les choses plutôt bien cette année. L'adolescente potelée de l'année passée laisse place à une jeune fille, bien dans sa tête et dans son corps, et les bourrelets ont disparu. À la place, mon 85B est bien maintenu dans mon haut de maillot, ma taille s'est affinée, ce qui donne l'impression à mes jambes d'avoir rallongé ! En plus, la culotte de maillot de bain me fait de jolies fesses légèrement rebondies, je suis plutôt satisfaite du résultat. Mon carré me donne enfin le visage d'une jeune femme de dix-sept ans.

— Tu n'as pas reçu ma dernière lettre ? Je suis arrivée il y a trois jours maintenant, je désespérais de te voir.

— Solange, est-ce que nous pouvons nous retrouver un peu plus tard ? J'ai à faire.

— D'accord, même heure, même endroit ?

— C'est parfait.

Lucca repart comme il est arrivé, je n'ai pas réussi à déchiffrer le regard insistant qu'il a posé sur moi. Il opère finalement un demi-tour et dépose délicatement un doux baiser dans mon cou. Je reviens sur ma serviette en oubliant les beignets proposés à Isabelle et à mes parents.

21 h 30, église de Bastelica

Il est là, il m'attend assis sur sa mobylette. Il est beau, il porte un jean et un tee-shirt blanc. Je m'avance et m'adosse au mur de l'édifice. La pierre est encore chaude des rayons du soleil de la journée. Je tremble. Il descend de sa mobylette, met la béquille et s'approche de moi. Il pose ses lèvres sur les miennes avant de prononcer .

— Salut, beauté.

— …

— Désolé pour tout à l'heure, je ne t'avais pas reconnue tu as tellement changé, tu es…

— Ce n'est pas la peine d'en dire plus…

— Je suis navré de m'être dérobé, mon oncle m'avait missionné pour livrer un colis.
— Sur la plage ?
— Les transactions effectuées à la vue et aux yeux de tous sont les plus discrètes.
— D'accord. Mais de quelles transactions parles-tu ?
— Suis-moi !

Nous faisons le tour de la bâtisse, comme des fugitifs, nous nous faufilons à l'intérieur. À l'abri des regards, nous reprenons là où nous nous étions arrêtés l'an passé.

Chapitre 32
Lalie

Je me suis levée aux aurores : celles des vacances, là où le soleil a déjà fait son apparition, à huit heures, j'avais vraiment hâte d'annoncer aux filles ma surprise pour la journée.

Ayant économisé sur le prix de la location, j'ai choisi d'utiliser ce budget pour faire plaisir aux bichettes et me faire plaisir par la même occasion. Je trépigne d'impatience, est-ce que je les laisse dormir encore ? Est-ce que je les réveille ? Pas besoin de me torturer très longtemps, Margaux fait son apparition, suivie de Vanessa. Je ne dis rien et laisse les filles émerger tranquillement. Le petit déjeuner léger que j'ai eu le temps de préparer les attend sur la terrasse. Je crois que je ne pourrai jamais me lasser de cette vue imprenable sur la baie de Porticcio.

Charlotte se lève, bonne dernière. Comme chaque matin, elle nous fait une bise sur la joue ou sur le front, sans dire un mot, aucun son ne sortira de sa bouche avant sa première gorgée de café avalée.

— Mes bichettes, aujourd'hui, journée spéciale bien-être. Nous allons au *Radisson Blu Resort* à Porticcio. Au programme : un brunch, un massage chacune, zone de votre choix, sauna, hammam et transat, cocktails et piscine…

— C'est pas vrai, Lalie… !

— J'en rêve depuis des mois.

— Moi de même, merci pour cette initiative.

— Merci, Mamie-Line, d'une certaine manière, c'est elle qui nous offre cette parenthèse bien-être. Le brunch est à onze heures. Alors, en route, les bichettes !

Je crois qu'elles sont contentes, vu la largeur du sourire de Charlotte, la longueur de l'étreinte de Vanessa et le regard déjà détendu et rêveur de Margaux.

Onze heures, Radisson Blu Resort

Nous n'avons jamais été aussi rapidement prêtes. La petite demi-heure de route nous a permis de découvrir un nouveau paysage, moins rocheux, plus plat, mais tout aussi paradisiaque. Des plages de sable à perte de vue, une mer d'huile bleu azur, d'immenses plantes grasses que même Margaux ne connaît pas. À mi-chemin entre l'aloe vera et le cactus.

L'hôtel fait face à la mer, j'aperçois la piscine à débordement, je m'imagine déjà dedans. Il doit faire 26-27 degrés, une température plus qu'agréable en cette fin mai. Je n'ose pas regarder la météo chez nous, ça me donnerait le bourdon. Munies de nos sacs remplis de « au cas où », nous avançons vers l'entrée.

Les portes vitrées laissent place à un vaste hall, marbre blanc, grandes sculptures, mobilier en bois flotté. Le luxe dans toute sa splendeur sans pour autant nous mettre mal à l'aise. Nous sommes accueillies comme des princesses par le réceptionniste, un homme sans âge, très élégant dans son uniforme.

— Mesdemoiselles, bienvenue au *Radisson Blu Resort*.

Son visage s'assombrit, on dirait qu'il a vu un fantôme. Je me présente.

— Bonjour, j'ai réservé…

L'homme ne me laisse pas terminer, et prononce le nom de ma mère, mais sa voix est à peine audible :

— Solange… Pardon, se reprend-il. Une réservation

pour quatre personnes, c'est bien ça ? Brunch, plus accès balnéo et quatre soins.

— Exactement.

— Ce sera sur votre gauche, et permettez-moi de vous souhaiter une bonne journée, mesdemoiselles, conclut Andria, comme son nom l'indique sur son badge.

Nous nous dirigeons vers l'entrée du restaurant quand Andria me hèle, une fois les filles éloignées. Je leur fais signe d'y aller, que je les rejoins.

— Excusez-moi, mademoiselle, votre mère ne se prénomme pas Solange ?

— Si.

Je n'ai pas le temps d'en dire plus qu'il poursuit :

— Vous êtes donc la petite-fille de Line Bartoli ?

— Non, dis-je, étonnée. Ma grand-mère s'appelle Line Leroy !

— Vous ressemblez comme deux gouttes d'eau à votre mère. Vos cheveux. Et la fossette au coin de votre joue quand vous souriez vous a trahie, votre grand-mère avait la même. J'en mettrais ma main à couper. Et le collier que vous portez... je lui ai offert, il y a bien des années, pour son anniversaire.

Par réflexe, je le caresse entre mes doigts. C'est un œil de Sainte-Lucie qui a été monté en médaillon. Je suis une nouvelle fois étonnée par cette révélation. Il est vrai que la ressemblance des femmes de la famille est frappante, j'ai hérité de beaucoup de leurs gènes, dont le roux de mes cheveux, et cette fossette. Mais à qui a-t-il offert ce collier ? Ma mère ou ma grand-mère ? Je n'ai pas tout compris.

Je réfléchis... Bartoli, c'est certainement le nom de jeune fille de ma grand-mère. Ce monsieur a l'air si sûr de lui.

— D'ailleurs, comment va-t-elle ?

C'est avec la gorge nouée que je dois lui dire…

— Oh, je suis navrée, Mamie-Line nous a quittés le mois dernier.

Le visage si doux d'Andria s'obscurcit, mais il est sur son lieu de travail et doit faire bonne figure. De nouveaux clients passent les portes vitrées. Ne sachant comment agir, c'est Andria qui me permet de prendre congé.

— Je crois que vos amies vous attendent…

— Oh, oui, merci.

D'un pas rapide, je rejoins les filles qui s'émerveillent devant l'incroyable buffet.

— Il te voulait quoi, ce monsieur ? m'interroge Charlotte. Il y a un problème avec la réservation ? Tu es certaine que tu ne veux pas que l'on participe ?

— Non, c'est un cadeau. Allez, on s'installe.

Perdue dans mes pensées, je n'avais pas vu que les filles étaient parties se servir.

— Ce buffet est dingue ! Rien qu'en le regardant, je vais prendre trois kilos, dit Vanessa.

— En le mangeant aussi, précise Charlotte en montrant des yeux tout ce que Vanessa a pris…

La boutade fait rire les filles.

— *Summer body*, mes fesses, dit Vanessa, je ne comprends pas l'intérêt de faire un régime toute l'année pour quinze jours sur la plage, où personne ne va remarquer tes efforts et ton nouveau corps ! Un peu de sport pour s'entretenir, je suis d'accord. Mais la nourriture…

— Avec toute la manutention que je fais au magasin avec les fleurs, j'ai de quoi faire. Pas besoin d'abonnement dans une salle.

La bouche pleine de blinis et saumon, Margaux conclut bruyamment :

— De toute façon, le gras et le sucre, c'est la vie !

Sur ces belles paroles, je vais juger par moi-même la qualité de ce buffet, je me lève et déambule devant les présentations. Il est effectivement incroyable. Plateau de fruits de mer, des sushis, des crudités, de la charcuterie corse en passant par des pizzas, puis du fromage. Des pâtes, de la viande en sauce, des frites… Oh ! là-bas, sur une table d'au moins cinq mètres… une farandole de desserts ! Je ne sais plus où donner de la tête. Cette fois, personne ne m'empêchera de prendre ce qui me fait envie. Je choisis, ma foi, de manger local et je retourne à ma place avec une assiette bien garnie.

— Lalie, ça va, bichette ? me demande Margaux.

— Je suis un peu perturbée, j'ai dû annoncer le décès de Mamie-Line à Andria !

— Qui est Andria ?

— Le réceptionniste, a priori, il connaissait très bien ma mère et/ou ma grand-mère, je ne sais pas trop laquelle des deux, j'ai cru comprendre qu'ils étaient amis.

— Ami-ami ou amis ? m'interroge Charlotte.

— Oh, Cha ! Ils ont au moins trente ans d'écart avec ma grand-mère !

— Hum hum, qui sait, Mamie-Line était peut-être une petite coquine. Je l'ai toujours vu dans ses yeux rieurs… mais ta mère ? Hypothétiquement, ce pourrait être un amour de vacances !

— Ne dis pas de bêtises, Margaux.

— Non, mais en revanche, s'il connaît si bien ta famille, et vu que tu as laissé en plan Lissandro, il répondra peut-être à tes questions, sur la villa, sur votre histoire en Corse ! souligne Charlotte. Lissandro n'a jamais eu l'intention d'effectuer les recherches, reconnais-le !

— Tu ne nous as pas dit que ta tante ou ton oncle, je ne sais plus lequel, avait mentionné « le premier amour » de ta mère ?

— Bien vu, mais je ne sais pas comment l'aborder à nouveau sans être trop intrusive... et puis je viens de lui apprendre le décès de Mamie-Line, je vais peut-être le laisser tranquille... Pour Lissandro, il a essayé de m'appeler ce matin, deux fois, mais je l'ai ignoré. Et en ce qui concerne ma mère, je ne sais pas trop quoi penser, c'est bizarre de fouiller dans son passé d'ado, non ? Mais parlons plutôt de choses pratico-pratiques. Nous ne pouvons pas toutes nous faire masser en même temps, nous sommes les unes après les autres. Le premier créneau est dans quinze minutes, alors qui veut y aller en premier ?

— Pas moi, dit Vanessa, avec tout ce que je viens d'avaler, ce transat m'appelle pour une sieste.

— Allez, je me dévoue, je me trouve un peu tendue, mes trapèzes et mon dos réclament des mains expertes, gémit Margaux.

Chapitre 33
Margaux

J'ai abandonné Lalie à son livre, Vanessa à son transat et Charlotte à ses mots croisés. Je me dirige vers le spa. L'accueil est tout aussi charmant que l'entrée de l'hôtel, avec une ambiance plus feutrée et une douce odeur d'eucalyptus qui me chatouille les narines. On m'indique une première cabine, afin que je puisse laisser mes affaires et m'installer, puis une seconde où j'aurai accès au hammam après mon massage. J'avance dans la première pièce décorée avec goût, du blanc, du beige, du bois flotté. Sur le peignoir plié, je trouve un petit sachet en plastique avec à l'intérieur un slip jetable... je reste dubitative : où est le devant, où est le derrière ? Est-ce que celui-ci va cacher l'intégralité de mon sillon interfessier et ma toison *que je regrette de ne pas avoir entièrement rasée ce matin*.

Mon passage sous la douche ce matin a été rapide, je n'ai eu le temps de faire que le minimum syndical. Si mon esthéticienne me voyait, elle ne serait vraiment pas contente. Je l'entends déjà m'assassiner :

« Margaux – oui, on s'appelle par nos prénoms –, pas le rasoir, c'est mauvais pour le poil, en plus, il repousse plus dru ! »

J'ai évidemment entendu cette petite voix, mais je n'avais que cela sous la main. Je n'allais pas venir ici avec mes jambes qui commençaient à ressembler à celles du yéti et des dessous de bras aussi fournis qu'un singe. Pourtant, ma dernière visite chez Solène date de moins de deux semaines, elle m'avait prévenue qu'avec le soleil les poils repoussaient plus rapidement.

Je n'ai eu de scrupules que pendant une demi-seconde.

J'aurai un peu plus mal au prochain *dépoilage*, c'est tout.

Une fois le morceau de tissu enfilé, je me hisse sur la table, m'allonge sur le ventre et attends que la masseuse arrive. Elle entre une minute plus tard et me trouve confortablement installée, les bras le long de mon corps et ma tête dans le trou prévu à cet effet. J'ouvre les yeux et découvre un bocal avec la représentation d'un fond marin avec du sable et des coquillages. C'est la première fois que je vois cela dans un institut. C'est vrai que c'est plus agréable à regarder que le carrelage de la pièce.

— Vu votre position, j'en conclus que nous partons pour un massage du dos ?

— Exactement.

— Y a-t-il une zone où vous souhaitez que j'insiste ? Plutôt un massage relaxant ou tonique ? La pression de mes mains, forte ou douce ?

— Mes cervicales sont un peu bloquées, si vous arrivez à me décoincer tout ça, je vous en serai très reconnaissante. Sinon, de la douceur et de la relaxation.

C'est bien la première fois que l'on me pose toutes ces questions avant un soin, j'apprécie particulièrement l'attention. La masseuse ne parle plus. Elle baisse la luminosité de la pièce, une musique douce avec des bruits de l'océan se met en route, ni trop faible ni trop élevée, et une odeur d'huiles essentielles arrive jusqu'à mes narines, parfait pour l'évasion. Une fois que ses mains chaudes se posent sur moi, elles ne quittent plus mon dos. Elle garde toujours le contact même quand elle doit reprendre de l'huile.

Ce qu'elle fait à plusieurs reprises. Ma peau est sèche et pas assez hydratée, me dit-elle. Pendant trente minutes, je lâche prise et me laisse aller sous les mains expertes de la jeune femme. Comme promis, elle accentue ses gestes sur mes cervicales qu'elle étire. Cela me fait mal, mais tellement de bien en même temps. C'est assez particulier comme sensation, je grimace, mais soupire de plaisir simultanément. Ses mains font des huit dans le bas de mon dos et sur le haut de mon fessier. Un gémissement sourd s'échappe de ma bouche.

— Oh, le pied !

Je me serais presque endormie, alors que la masseuse me chuchote à l'oreille :

— C'est fini, prenez votre temps pour vous relever et prolongez votre moment de détente dans le hammam, pendant vingt minutes, pas plus. Je transfère vos effets personnels dans l'autre pièce, vous pourrez vous rhabiller tranquillement et prendre une tasse de thé.

Comme un automate, et dans un demi-sommeil, je revêts mon peignoir, puis me laisse porter vers le hammam. Je passe la porte et une chaleur humide m'étouffe un peu. J'accroche mon peignoir à la première patère que je trouve et m'installe. C'est assez sombre, l'odeur d'eucalyptus me prend à la gorge. Je m'assois sur le carrelage chaud, m'adosse au mur où dégoulinent les résidus de vapeur d'eau, j'étends mes jambes et soupire. Je ferme les yeux et me surprends à ne penser à rien, mon corps est détendu, je suis bien. Je sursaute à cause du bruit soudain d'un jet qui propulse de la vapeur. La porte s'ouvre au même moment. J'ouvre les yeux, je ne vois plus rien, le brouillard total.

— Il y a quelqu'un, questionne une voix que je ne connais que trop bien !

— Jonas ! Mais que fais-tu là ?

Prise de panique, je me relève et me rends compte

seulement maintenant que je n'ai que mon slip en papier. J'essaie de cacher mon corps avec ce que je peux. Je croise un bras devant ma poitrine. Je pensais naïvement que je serais seule. Quelle idiote je fais, sérieusement, la masseuse a effectivement pris tous mes effets, et je ne me suis même pas aperçue que j'étais nue sous le peignoir. Je n'ai aucune échappatoire et aucun moyen d'attraper celui-ci. Je suis coincée ici avec Jonas dans une pièce chaude, étroite et humide. La vapeur se dissipe et je découvre un corps plutôt plaisant à regarder. Je n'ose pas croiser son regard.

— Je réside ici, il me semblait te l'avoir dit, je t'ai proposé hier de m'y rejoindre pour boire un verre. Tu ne m'as pas répondu. Mais je suis heureux que nous nous retrouvions là ! C'est une agréable surprise.

— Euh, eh bien, oui, effectivement, euh… je n'ai pas consulté mon téléphone depuis un moment. J'étais à court de batterie, et…

Jonas s'approche dangereusement de moi, je suis paralysée, il s'assoie à côté de moi, puis pose délicatement sa main sur la mienne.

— Margaux, c'est presque un mirage de te voir ici.

— Ce n'est pas ce que tu crois, Jonas…

Je pense instantanément à Malik, mon cœur rate un battement, j'ai mal. Qu'est-ce que je suis en train de faire ? J'en avais pourtant secrètement envie, mais je me retrouve dans cette situation et cela ne me fait plus rire du tout. Je me lève, arrache le peignoir de la patère et l'enfile.

Je bafouille un « on se retrouve plus tard » et quitte les lieux.

Chapitre 34
Solange
1984

Cette année, mes parents sont beaucoup moins sur mon dos, je peux aller et venir sans escorte à condition de respecter quelques règles de bienséance :

- Prévenir quand je sors, dire où je vais et avec qui !
- Être à l'heure au déjeuner et au dîner.

Le reste du temps, je suis libre comme l'air. C'est comme si le fait d'avoir le bac de français était un pass pour la liberté. Si bien que pour fêter mes dix-sept ans ce soir, je n'ai plus à faire le mur, je vais officiellement à *L'Alta Rocca* avec Isabelle, ma sœur, et des copains.

Nous avons créé un groupe d'amis qui n'a fait que s'agrandir au fil des ans avec les petits frères et petites sœurs ainsi que les cousins, cousines qui venaient en vacances. Mon frère et Lucca sont à l'origine de cette troupe, ils se sont rencontrés sur la plage du Ricanto, à l'occasion d'une partie de beach-volley il y a quatre ans, et ils sont devenus inséparables. J'ai toujours eu secrètement un faible pour lui, mais lui m'a toujours considérée comme la petite sœur de son ami, et j'étais plus un fardeau à surveiller qu'autre chose à l'époque, j'avais treize ans quand ils se sont connus. Je ne sais pas ce qui a changé l'année dernière pour qu'il me remarque. Cette année, mon frère étant en métropole, et Lucca travaillant pour son oncle, il ne reste qu'Andria, le cousin de Lucca, que j'apprécie vraiment.

Les copines de ma sœur sont gentilles, mais je vois bien qu'elles sont jalouses de ma relation avec Lucca. C'est vrai qu'il est objectivement très beau et son côté mauvais garçon attire forcément.

Après avoir soufflé mes bougies avec mes grands-parents et mes parents, nous partons pour la soirée. Lucca m'a promis qu'il y serait.

L'endroit n'a presque pas changé, la plage est toujours aussi magnifique. Une paillote a pris place autour du bar, des tables et des chaises ont fait leur apparition. Toutes dépareillées, mais cela donne néanmoins un joli décor. Soudain, des mains me bandent les yeux.

— Bon anniversaire, Solange…

Je crois que c'est la première fois que Lucca prononce mon prénom, et sa voix suave me procure des frissons. Je me retourne et l'embrasse. Il ne se défile pas et me rend mon baiser. Puis, il me surprend en me tendant un paquet-cadeau. Lorsque je le déballe, je découvre un jeu de cartes, elles sont bleues, jaunes, rouges et vertes, avec des chiffres inscrits en blanc dessus, d'autres ont des symboles et il y a des cartes noires. Sur l'emballage, il est écrit « Uno ».

— Tu verras, c'est un jeu de cartes génial, il existe aux États-Unis depuis plus de dix ans. Le but du jeu est d'être le premier à se débarrasser de toutes ses cartes.

— Merci beaucoup, je suis touchée, tu m'apprendras à jouer ? Comment tu as pu l'obtenir s'il n'y en a pas en France ?

— Bien sûr que je t'apprendrai, c'est très simple. Je t'ai parlé de mon oncle ? Il a un business avec des Américains. Je travaille d'ailleurs un peu pour lui cet été, comme je te l'ai déjà dit, et si je fais mes preuves, je vais pouvoir plonger dans le grand bain.

— Ah oui, la livraison de colis secrets…

— Chut ! Comme son nom l'indique, c'est un secret. Je ne peux rien te dire, pour ta sécurité !

Je me retiens de le questionner davantage, cette discussion est tellement surréaliste, j'y crois à peine. Pour me faire taire, il m'embrasse à nouveau. Ce n'est pas le seul cadeau que je reçois, car Andria m'a offert un œil de Sainte-Lucie, qu'il a monté sur un pendentif. Il m'a certifié que c'était le plus gros qu'il ait trouvé. Un porte-bonheur qui éloigne le mauvais œil. Les copines de ma sœur m'ont offert une fouta, c'est un grand drap de bain en coton coloré. Je suis touchée, finalement, je crois qu'elles m'aiment bien.

C'est la plus belle soirée d'anniversaire de ma vie !

Chapitre 35
Lalie

Je me dirige vers le spa ; mon cerveau est constamment en action, impossible de le mettre sur pause. Cela devient épuisant. J'ai du mal à le suivre ! Charlotte a raison, je pourrais demander à Andria, je suis certaine qu'il pourrait m'aider. D'après ce que j'ai compris, il a également connu ma mère ! Et puis, moi, je ne me souviens d'elle qu'en tant qu'adulte, elle ne m'a jamais vraiment parlé de son adolescence, de ses souvenirs. Elle a toujours été… ma mère… je ne l'ai jamais imaginée enfant, et encore moins vivant ses premiers émois. Dans mon esprit, elle a toujours été mariée à mon père, une relation tendre, affectueuse, mais quand il s'agissait de moi, mon père n'avait pas son mot à dire. Mamie-Line n'aimait pas vivre dans le passé, et encore moins quand maman est décédée, elle voulait profiter de l'instant présent. « Les souvenirs ravivent la tristesse », disait-elle. Je n'ai jamais pu lui soutirer la moindre information sur avant ma naissance ! Il y avait bien des photos et quelques films, mais rien des étés qu'ils ont passés ici. C'est comme une période qui n'a jamais existé. Oubliée.

Depuis que j'ai posé le pied en Corse, je ne fais que penser à elle. Les souvenirs sont flous… je m'en veux d'avoir oublié le son de sa voix, l'odeur de son parfum, mais grâce aux photos, heureusement, il me reste son image. Dans le couloir qui m'emmène au spa, je croise Andria qui m'interpelle :

— Mademoiselle Leroy…

— Oui ?

— Quand j'ai appris la disparition de votre mère, j'ai

été très affecté, elle faisait comme partie du paysage, pardon, je m'exprime mal… elle était toujours avec nous… dans notre groupe d'amis, lorsque j'étais adolescent : Benoit, Lucca, moi et les autres, enfin, les filles. Lorsque j'ai appris la nouvelle, j'ai écrit à votre grand-mère, des condoléances ou des excuses… je ne sais pas trop, un mélange des deux. Après cela, nous sommes plus ou moins restés en contact, on se voyait quand elle venait ici. Je n'ai plus de nouvelles depuis quelques mois. Je la savais malade, et parfois elle se rappelait à mon bon souvenir en me passant un coup de fil. Je suis désolé pour ma réaction de tout à l'heure. Cela a fait resurgir beaucoup de choses. Je garde précieusement des souvenirs de ma vie d'avant. Je n'ai pas toujours été sage, vous savez ! Depuis que j'ai rencontré ma femme, je suis rentré dans les rangs. Ceci est mon jardin secret et je crois que ça vous revient.

Andria m'explique qu'il habite non loin de l'établissement et que sur son temps de pause il est allé chercher une petite boîte qu'il me tend. Sans aucune explication, il rebrousse chemin et retourne à son poste. Il me laisse pantoise, un petit carton dans la main. Il me faut quelques instants pour reprendre mes esprits et finalement me décider à découvrir son contenu. C'est avec une certaine appréhension que je soulève le couvercle et y trouve des lettres et des cartes postales, des photos, des cassettes audio dont je ne sais que faire. J'aperçois quelques cartes de Uno, ce qui me fait sourire. J'inspecte rapidement une photo d'un groupe d'adolescents sur une plage avec une pancarte écrite à la main, j'y déchiffre « *L'Alta Rocca* ». Ce qui me décroche un nouveau sourire. Je glisse le tout dans mon sac et comprends qu'Andria souhaite tourner la page. Je n'ai même pas osé le questionner davantage, il avait l'air tellement secoué par notre rencontre. Son discours était très confus, j'ai bien senti que tout se bousculait dans sa tête, que ses idées ne sortaient pas dans l'ordre qu'il aurait voulu, que sa bouche débitait ses paroles presque sans lien. Je me demande quel était le sujet à propos duquel il a fait des excuses à ma grand-mère. Cela concerne forcément ma mère !

Mon cerveau tourne encore à plein régime quand j'arrive devant l'entrée du spa, et cette odeur d'eucalyptus qui chatouille mes narines… cela a comme qui dirait un effet apaisant sur moi, j'oublie presque les questionnements qui me parasitaient l'esprit quelques minutes plus tôt. La jeune femme qui m'accueille, Adeline, je lis rapidement son nom sur son uniforme, a un sourire radieux, il est vrai que cela doit être agréable de travailler dans cet environnement.

Je me laisse porter et suis les instructions de l'hôtesse qui m'accompagne jusqu'à l'entrée de ma cabine. Je me déshabille, enfile le slip en papier, qui me rappelle la sensation des strings que je portais adolescente, et m'allonge sur le dos. Je l'ai à peine entendue entrer.

— Bonjour, je m'appelle Adeline, au vu de votre position, je suppose que ce sera un soin du visage ?

Je relève la tête :

— Oh, oui, pardon, désolée. J'étais perdue dans mes pensées. Un soin du visage, c'est parfait.

— Je peux vous proposer une huile parfumée à la fleur de tiaré ou au chocolat. Et puis je pourrais étendre la zone de massage au cou, aux cervicales et envelopper vos épaules.

— C'est parfait. Chocolat ? Non, impossible, les filles vont me manger toute crue après… c'est parti pour les îles…

— Vous souhaitez plutôt un soin revitalisant hydratant éclat ou antirides ?

— C'est pas gentil ça, l'antirides ! En ai-je besoin ?

— Je suis confuse, excusez-moi. Mais en étudiant votre peau, les deux sont envisageables.

— Détendez-vous, je vous taquine, faites ce qui est bon pour moi.

— Pour la partie modelage, vous aimez quand on appuie un peu ou juste un effleurage ?

— Oh ! trop de questions pour moi là, faites comme vous le voulez.

— Parfait.

Adeline commence par fermer les rideaux, elle met une musique relaxante de bruits blancs, ceux de la mer, puis elle descend le drap à la limite de mon décolleté. J'ai un frisson…

— Maintenant, essayez de vous détendre, vous avez trente minutes rien qu'à vous pour faire le vide.

Elle est marrante, cette jeune femme, ma tête est prête à exploser. J'ai une tonne de questions qui me parasitent l'esprit. Je n'ai pas compris tout ce qu'Andria m'a dit. Il connaît ma grand-mère, puis finalement connaît encore plus ma mère. De qui était-il ami ? Qui est ce Lucca ? C'est quoi, tous ces mystères ?

Adeline doit être magicienne, car au bout de cinq minutes, mon cerveau s'est complètement déconnecté et je ne me focalise plus que sur ses doigts sur ma peau.

Ses mains enveloppent mon visage et, sans que je m'en rende compte, ma tête bascule vers la gauche. Ce qui détend mon cou. Elle appuie assez fermement sur mes cervicales, je lâcherais presque un râle de plaisir. Je suis enveloppée par la musique, ma respiration se cale sur les sons des vagues comme une méditation, je me laisse partir, je me reconnecte à mes sens… je crois que je m'endors.

Chapitre 36
Vanessa

La vue depuis ce transat est magnifique ; la piscine et la mer sur la même ligne d'horizon ne font qu'un. Je pose les mains sur mon ventre. Pourquoi je fais cela ? Je n'ai aucun symptôme, pas la moindre nausée, peut-être les seins un peu lourds. Si la prise de sang ne l'avait pas confirmé, je serais encore dans le déni. Le déni, c'est bien l'état dans lequel se trouve mon mari. Sa réaction juste avant de partir a été sans appel. En y réfléchissant bien, il n'a pas tort. Nos trois enfants nous comblent. Je sais que mon amour se multiplie à chaque naissance, chaque fois que notre famille s'agrandit. Mais mon porte-monnaie, lui, ne se multiplie pas. C'est ça, une sacrée logistique.

J'ai soudain une crampe au niveau de l'abdomen. Je suis ballonnée… Il est clair que j'ai trop mangé à midi. Je fais signe à Charlotte que je vais au petit coin. Je me perds un peu dans les couloirs, la déco est vraiment incroyable, du luxe sans en avoir l'air. Du blanc, du bleu, des tableaux, des sculptures… je les trouve enfin…

J'ouvre la porte capitonnée de cuir blanc… trop la classe ! J'entre dans le premier compartiment, enlève mon maillot de bain avec la grâce d'un cachalot, il est encore humide de ma petite baignade dans la piscine. Je laisse ma vessie se vider, m'essuie, et je me surprends même à apprécier le papier toilette d'une extrême douceur. Instinctivement, je regarde le papier, pourquoi je fais toujours cela ? C'est complètement débile… Mais ce que j'y vois cette fois-ci m'entraîne dans un tourbillon de sentiments partagés : je devrais être soulagée d'y découvrir une trace rouge, pourtant je suis déçue, voire triste. Je ne sais d'ailleurs pas moi-même comment interpréter ma réaction. Mes réflexes prennent aussitôt le relais quand une goutte de sang tombe au sol quand je me relève. Quelle merde ! Je plie rapidement du papier et le mets en place dans mon maillot de bain pour me faire une protection de fortune. Je sors des toilettes, regarde à gauche et à droite… Cet endroit est vraiment incroyable… Il y a à côté des vasques un panier en osier rempli de serviettes hygiéniques. J'y attrape rapidement un tampon et retourne de là où je viens. Je l'insère. J'ai toujours détesté les tampons, c'est un peu la galère à mettre et c'est très inconfortable.

— Oh putain, quelle merde, qu'est-ce que j'ai fait ?
— Margaux ? C'est toi ? dis-je à travers la porte.
— Vanessa ? Qu'est-ce que tu fous là ?
— Devine !

Je sors de ma cachette et retrouve mon amie de l'autre côté, complètement affolée, en serviette et pieds nus. Elle me regarde à travers le miroir et me questionne.

— Tu vas bien ?
— Oui, pourquoi ? Et toi, tu vas bien ?
— Tu as une ficelle qui pendouille entre les jambes !
— Oh, merde !

Avec précipitation, je glisse la cordelette qui dépasse dans mon maillot, avec la grâce d'un hippopotame.

— Élégant, bichette ! Très distingué.
— Oh ! ça va, toi ?
— Tu… ?
— Oui, non, je sais pas, j'ai mes règles, enfin, j'ai des saignements ! Je ne sais pas trop. Et toi, c'est quoi ta merde ?
— Tu ne veux pas qu'on aille aux Urgences vérifier

qu'il n'y a pas un problème ?

— Non, la sage-femme avait prévenu que ça pouvait arriver. Et je ne veux pas m'inquiéter pour le moment, de toute façon j'ai rendez-vous dès notre retour.

— Viens, je crois qu'on a toutes les deux besoin d'un cocktail.

Chapitre 37
Margaux

— Quatre tequilas sunrise, s'il vous plaît.
— Je vous les apporte directement au bord de la piscine ? interroge le serveur du bar.
— Absolument.

Je croche Vanessa par le bras et nous dirige vers nos transats ; malgré sa peau qui a commencé à brunir avec le soleil corse, elle semble bien plus blanche qu'à son arrivée sur l'île. Elle fait mine que ce n'est qu'une formalité, mais je vois bien que ce n'est pas la grande forme. Je me promets secrètement de la surveiller de plus près dans les prochaines heures. Sur le chemin, nous croisons Lalie qui sort du spa. Un sourire aux lèvres, les yeux dans le vague, elle plane, le massage a dû être bon !

Charlotte se prépare, quant à elle, à retrouver les mains extraordinaires des masseuses de l'île. Le serveur nous suit de quelques pas.

— Oula ! Ça sent la réunion de crise... dit Charlotte.
— C'est exactement cela, mais on va t'attendre. Enfin, on va essayer.
— Tu me fais un petit *teasing*, style promo de film ou bien tu me laisses mijoter ? « Margaux et Vanessa viennent de vivre un truc incroyable, mais ne sachant pas encore si elles peuvent en dire plus à leurs amies... », dit Charlotte avant d'ajouter, je peux au moins goûter le cocktail ?
— Oui, tiens. Tu ferais une excellente voix off !

Je lui tends son verre, Charlotte avale deux gorgées d'affilée.

— Doucement, malheureuse, tu vas t'endormir dans la

cabine.

— Oh ! pas besoin de cela, coupe Lalie, Adeline est formidable, elle a réussi à déconnecter mon cerveau de mon corps. J'ai passé un excellent moment. Je viens d'avoir le meilleur massage de tous les temps.

— Très bon cocktail en tout cas, allez, c'est mon tour, je file. Vous avez intérêt à bien fermer vos bouches, pas de blablas sans Chacha ! C'est compris ?

Chapitre 38
Lalie

En attendant Charlotte, comme promis, nous ne parlons pas ! Je pose le carton sur le transat… et j'attends qu'une des bichettes ouvre la bouche. Je ne veux pas être à l'origine de cette discussion et risquer de contrarier Charlotte, Margaux n'a pas tenu trente secondes. Je suis sauvée.

— Tu es partie avec tout leur stock d'échantillons ou quoi ?

— N'importe quoi, c'est Andria qui m'a donné ce carton.

Et c'est parti ! Je ne peux pas me retenir, je raconte en détail la discussion que je viens d'avoir avec le réceptionniste Puis nous commençons à farfouiller dans la boîte et le passé de cet homme. J'ai l'impression de le dépouiller, de violer son intimité, c'est assez gênant finalement. Mais après tout, c'est lui qui m'a confié cette boîte, alors je ne fais rien de mal, il allait bien se douter que j'allais regarder. J'examine donc avec empressement ce qu'il y a dedans. Vanessa s'en donne à cœur joie et regarde les photos avec plaisir.

— Tiens, jette un œil sur cette photo, carrément canon, ces trois jeunes hommes !

— Étrange, celui de gauche, on dirait mon oncle Benoit !

— Où ? demande Vanessa.

— Ce n'est plus des lunettes qu'il te faut, mais un chien, bichette ! ICI.

— Et là, à droite, c'est Andria, non ? interroge Margaux.

— Et celui du milieu, on ne dirait pas notre voisin grincheux ? Avec quarante ans de moins ? ajoute Vanessa.

— Vous n'êtes pas sérieuses, les filles. Arrêtez vos conneries, pas du tout... Et puis, tu l'as vu trois minutes, le voisin...

— Je suis « physiomise », moi, affirme Margaux d'un ton assuré.

Un fou rire nous prend par surprise. Je réplique :

— On dit physionomiste, bichette.

— Oui, bon, j'ai la faculté de reconnaître le visage des gens. Une fois que je les ai scannés, ils restent en mémoire, l'inconvénient, c'est que je ne retiens pas forcément leur nom.

— Du coup, ça ne sert pas à grand-chose, dit Vanessa entre deux éclats de rire.

Une fois calmée, je prends une nouvelle pile de Polaroids et les regarde avec une certaine mélancolie. Elles sont belles, ces photos vieillies par le temps. Mon cœur rate un battement quand je tombe sur celle d'un couple. Je reconnais ma mère avec le même beau jeune homme que sur la photo avec mon oncle. Il n'y a plus de doute, Andria disait vrai. Ma famille est liée à la sienne.

J'attrape mon portable pour envoyer les photos que je viens de trouver à ma tante et à mon oncle.

> Souvenirs, souvenirs !
> Reconnais-tu les personnes sur cette photo ?

La réponse d'Isabelle ne se fait pas attendre.

> Où as-tu retrouvé ces photos ?

Pas de bonjour ?
J'ai croisé un homme charmant au doux prénom d'Andria !

> Oh, Andria !
> Bonjour, Lalie, désolée. Tu as découvert d'autres choses ?

Pourquoi tu me demandes ça ? C'est un Cluedo ? Il y a un cadavre dans le placard ?

Isabelle ne me répond plus. J'ai l'impression qu'elle est également perturbée par ces souvenirs qui refont surface. Mon oncle m'écrit simplement :

> Oh, c'était il y a une éternité !

Chapitre 39
Solange
1984

Mes parents ont repris le bateau hier, ma sœur et moi sommes sous la surveillance de mes grands-parents pour le mois et demi de vacances qu'il nous reste. Ils sont relativement plus cool que les parents, pourtant, à entendre les dires de ma mère, si elle avait fait le quart de ce que je fais, ou si elle avait osé dire un tiers de ce que je dis, elle aurait été réprimandée sévèrement. Il faut croire que devenir grands-parents fait sauter toutes les barrières de l'éducation mises en place avec ses propres enfants.

Je ne vais pas m'en plaindre, au contraire. Les journées se suivent et se ressemblent. J'aime cuisiner avec ma grand-mère et jouer au scrabble avec mon grand-père. Nous allons à la plage toutes les fins d'après-midi. Je leur fais découvrir le Uno, ils aiment beaucoup. La notice est en anglais, heureusement qu'Isabelle est douée dans cette langue, elle a pu traduire les règles du jeu. Hier soir, nous nous sommes couchés à plus de minuit, dehors sur la terrasse, les parties se sont enchaînées sans voir le temps s'écouler, ce fut une douce soirée d'été.

Nous sommes samedi, ce soir nous désirons plus que tout sortir avec nos amis, papa et maman ont pourtant laissé des directives strictes, mais comme dit papi : « Il faut bien que jeunesse se passe… » Papi n'a posé qu'une seule condition : faire la connaissance des amis avec qui nous sortons.

Alors vers vingt et une heures, toute la troupe est au garde-à-vous devant la villa. Papi se prépare à une inspection en règle.

— Comment vous appelez-vous ? Vous avez quel âge ? Où vous rendez-vous ? Qui va conduire ? À quelle heure comptez-vous rentrer ?

— Papi, c'est terminé cet interrogatoire ? demande ma sœur qui ne sait plus où se mettre.

Moi, je ne retiens qu'une chose, c'est que Lucca n'est pas là.

Je suis profondément déçue. Je ne l'ai presque pas vu cette semaine. Il me dit qu'il travaille, qu'il a plein de colis à livrer. Il m'explique que le réseau se développe et qu'il va gagner beaucoup d'argent. Quand je demande à Andria plus d'informations, il refuse lui aussi de m'en dire plus. Ce qui est certain, c'est que ses cousins sont de mèche pour ne rien révéler. Quand ce n'est pas Lucca, c'est Andria qui prend le relais.

Andria, qui fait bonne figure devant mon grand-père en le regardant droit dans les yeux et en lui serrant la main, atteste que ses deux petites-filles sont en sécurité avec lui. Comme si la Corse était une terre dangereuse remplie de criminels.

Chapitre 40
Charlotte

Les filles avaient raison, les masseuses ici ont un vrai pouvoir. Ce moment m'a fait un bien fou. Moi qui suis toujours dans le *self-control,* depuis quelques jours, je me laisse porter par mes envies, mes angoisses, je m'écoute et je ne retiens aucune émotion. Est-ce le massage, la situation, l'île, les filles ?

Les tensions musculaires accumulées au fil des semaines, voire des mois, ont disparu sous les mains expertes de la professionnelle. J'ai laissé quelques larmes couler en silence sur ma joue pendant ce moment suspendu. Là où le cerveau est déconnecté de toute information parasite, là où je prends conscience de l'instant présent, de mon corps.

D'ailleurs, depuis combien de temps mon corps n'a-t-il pas été touché, enveloppé, aimé ? C'est une triste constatation. Avant la fin du massage, je me fais la promesse de prendre plus de temps pour moi. D'apprendre à m'aimer, me respecter, de m'écouter. Je me répète comme un mantra : « Je ne dépends de personne, je m'occupe très bien des enfants, je n'ai pas besoin que quelqu'un remplisse ma vie, je me suffis à moi-même. » Je vais profiter de chaque petit bonheur simple que la vie m'offre en compagnie de personnes qui m'apportent du positif. D'ailleurs, en parlant d'elles, il me tarde de les rejoindre pour participer au grand déballage.

Je les retrouve au bord de la piscine, leurs verres à cocktails vides, l'heure est grave ! Une deuxième tournée arrive.

— Le breuvage est si bon que vous ne m'avez pas

attendue ?

— C'est pour me remettre de mes émotions, dit Margaux.

Je regarde les filles une à une.

— C'est incroyable, vous n'avez pas pu vous empêcher ! Garder votre langue dans votre poche une minute, c'est impossible. Vous vous êtes déjà tout raconté ?

Lalie penche sa tête sur le côté, avance ses lèvres pour former un magnifique cul-de-poule et cligne des yeux. Je connais ce visage moitié je-me-fous-ouvertement-de-ta-gueule, moitié ce-n'est-vraiment-pas-notre-faute. Une vidéo de petit chat tout mignon me ferait le même effet. Le summum, c'est quand elle commence à s'approcher de moi pour vouloir me déposer un bisou sur la joue en signe de pardon.

— Accouchez, maintenant !

— En parlant d'accoucher, bafouille Vanessa, pour reprendre le jeu de mots, j'ai des saignements et j'ai mal au ventre. On dirait des crampes assez régulières, comme des contractions.

Sort de ma bouche un :

— Oh, bordel ! et ça va ?

— Oui, ça va, on ne va pas en faire tout un plat. La nature en a décidé ainsi et c'est très bien. Je ne me fais pas trop d'idées sur la suite. J'ai rendez-vous avec la sage-femme en rentrant. Et puis, je crois au destin, ce qui doit arriver arrivera, si les choses ne se font pas, c'est que finalement, il y a une raison.

— L'alcool te rend philosophe ? ironise Margaux.

— Ne te moque pas de Vanessa, dis-je en mettant ma main sur son genou, pour lui montrer mon soutien... Moi aussi je crois au destin, bichette.

— Tu as prévenu Théo ? Il va sûrement être soulagé ! Enfin, ce n'est pas vraiment ce que je voulais dire, mais comme tu nous as dit qu'il n'en voulait pas.

— C'est rien, Charlotte, ne t'inquiète pas ! Et non, Lalie, je ne lui ai encore rien dit. Justement pour qu'il ne soit pas soulagé trop vite. Je n'ai pas complètement digéré sa réaction, je trouve ça injuste qu'il me laisse cette responsabilité et cette charge mentale, alors que dans les faits, nous étions deux dans l'acte, et ce sont ses petits soldats qui ont fait une partie du travail ! Il a décidé qu'il ne voulait pas d'autre enfant, et après cette révélation, il me laisse me débrouiller !! C'est trop facile pour un homme, franchement. Bon… je dois nuancer un peu mes propos, car pour être tout à fait honnête, j'étais totalement d'accord avec lui. Mais lui a continué sa petite vie tranquille sans que nous en reparlions. On peut changer d'avis, non ? On a le droit de changer d'avis ! J'aime tellement être enceinte, j'aime tellement mes bébés, mais ce n'est pas raisonnable, nous sommes déjà cinq. Adèle est ma toute dernière, trois ans déjà, elle grandit si vite. Comment aurait-on fait, après tout ? Acheter une nouvelle voiture ? Déménager ? Vendre ? Adèle commence seulement à faire ses nuits, je ne pourrais plus. Ça non, mon sommeil est redevenu normal. Je redors enfin comme un bébé… J'ai repris mon boulot, je ne suis plus une femme au foyer qui fait des gâteaux et change des couches, je suis à nouveau intéressante, j'ai des choses à dire et à raconter sur mes journées… Attention, je n'ai rien contre ces femmes, j'aime mes enfants, mais je n'ai pas aimé être mère au foyer.

Vanessa part dans tous les sens, je crois qu'elle a avalé

bien trop vite son verre, que l'alcool et ses hormones ne font pas bon ménage. Elle va bientôt se mettre à pleurer, je supplie les filles des yeux de me venir en aide.

— J'ai croisé Jonas dans le hammam, lâche Margaux.

— Oh, bordel ! et ?

— Tu savais qu'il allait venir ? me demande Lalie.

— Évidemment qu'elle ne savait pas, réplique Vanessa en me donnant un coup de coude, imagine... non, tu savais ?

— On va dire que j'ai lu son dernier message en diagonale. Il m'a effectivement fixé un rendez-vous ici pour boire un verre, mais je n'ai rien répondu... deux quadras couraient autour de la piscine comme des ados... ce qui m'a fait complètement zapper notre échange.

— Mais bien sûr, et la marmotte elle met le chocolat dans le papier d'alu !

— T'es sérieuse, Charlotte ? Tu utilises toujours cette expression des années 90 !

— Bref, je vous disais que j'étais toute nue, il n'y avait personne à l'intérieur. Il est entré dans le hammam quelques minutes après moi. Lui aussi croyait qu'il était seul. Il était carrément craquant sans son maillot de bain. Il s'est approché de moi, un peu trop près, et je suis partie en courant.

Margaux se cache sous son drap de bain.

— Mais tu fais quoi, là, bichette ? se moque Lalie.

— Il est là !

— Mais qui ?

— JONAS... pas le pape !!!! Là, de l'autre côté de la piscine, à gauche.

— Margaux, sors de là, ne fais pas l'enfant. Je crois

qu'il va falloir que tu ailles le voir.

— T'es pas sérieuse, Charlotte ?

— Oh si ! je suis sérieuse, tu lui dois au moins ça.

— Je ne lui dois absolument rien, et ne recommence pas à me donner des leçons, s'il te plaît !

— Moi, je suis d'accord avec Charlotte, ajoute Lalie.

— Mais absolument pas, s'offusque Vanessa. Elle ne lui doit rien du tout. Girl Power, les filles, merde. Margaux est libre de faire ce qu'elle veut.

— Mettez-vous à la place de ce pauvre homme ! C'est comme se faire plaquer par SMS, c'est inadmissible, et je sais de quoi je parle, reprend Lalie, donc va le voir. Fais les choses correctement, s'il te plaît.

Chapitre 41
Margaux

Sous la pression des filles, je suis finalement sortie de sous ma cachette, j'ai pris une grande inspiration, j'ai vidé mes poumons grâce à une longue expiration, et je me suis lancée. Enfin, pas trop vite. J'ai d'abord enfilé ma robe de plage (autrement dit, une tunique assez transparente pour admirer mon maillot de bain, mais assez couvrant pour ne pas voir mes bourrelets), chaussé mes magnifiques Havaianas roses à paillettes, ravalé ma honte, pris une dose de confiance en moi, et je suis allée à sa rencontre.

Dans une démarche couinante, à cause de l'eau sous mes tongs, je me suis approchée de Jonas.

— Bonjour, Jonas, ou plutôt rebonjour, on peut recommencer ?

— Avec plaisir, Margaux. Je t'offre un verre ?

— Volontiers.

Je regarde les filles du coin de l'œil, elles m'encouragent avec leurs pouces en l'air et leurs sourires niais.

— N'hésite pas à te servir, me propose Jonas en me présentant un morceau de gaufre. J'avais une petite faim, le hammam, ça creuse, on peut partager, si tu veux.

— Non, merci, je n'ai pas faim. Jonas, j'aimerais que l'on discute...

— C'est déjà ce que nous faisons, non ?

— Oui, enfin, je voulais dire parler de nous. J'ai comme qui dirait eu un électrochoc tout à l'heure. Je suis vraiment navrée d'avoir réagi ainsi. Voilà, tu n'es pas sans savoir que j'apprécie nos échanges. Ils sont une parenthèse enchantée dans mon quotidien, ils m'apportent de la fraîcheur, une certaine liberté, et me font me sentir vivante.

— Moi aussi, Margaux, j'aime nos discussions, et je tiens aussi à m'excuser, j'ai été un peu entreprenant tout à l'heure. La chaleur du hammam, sûrement.

— Oui, possible. Donc je voulais te dire que je suis mariée, tu le sais ?

— Oui, parfaitement... tu portes une alliance.

— C'est vrai. Tu sais aussi que j'ai deux enfants que j'adore...

— Oui, un garçon et une fille. Je suis au courant.

— Et cette situation te convient ?

— Non, mais j'espérais qu'un baiser...

— Jonas, nous ne sommes pas dans un Disney, je ne suis pas une princesse à sauver et tu n'es pas un prince !

— Non, mais je suis charmant !

— Oui, mais comme rien n'a vraiment commencé, je crois que ce serait plus facile d'y mettre un terme tout de suite.

— Mettre un terme à quoi ?

— À tout !

De ma voix la plus posée possible, mais légèrement teintée de tristesse mine de rien, je lui expose doucement :

— Je vais t'embrasser une première et dernière fois, puis je vais me lever et te quitter, ensuite je vais effacer ton numéro et ce sera fini. Tu as compris ?

— Je ne suis pas certain, non, de bien comprendre la situation.

Je me lève, pose un délicat baiser sur les lèvres de Jonas, puis sans me retourner, je rejoins les filles. Sans un mot, je fouille dans le fond de mon sac, attrape mon portable, je trouve dans le répertoire le numéro de Jonas, j'appuie sur « bloquer », puis « effacer le contact ».

Chapitre 42
Solange
1984

La fête bat son plein, je chante, je danse, je ris, je bois mes premières bières, je m'amuse comme jamais. Andria me regarde du coin de l'œil. Je soupçonne Lucca de l'avoir missionné pour me surveiller en son absence. Absence qui m'enivre, au point de croire qu'il m'attrape au vol sous *Les sunlights des tropiques*... Mais non, je ne rêve pas, c'est bien lui !

Sa peau sent le soleil et une étrange odeur de plastique mélangé à de l'essence. Je l'enlace, ma tête par-dessus son épaule, et découvre sur la poche arrière de son jean noir une poudre blanche qui disparaît sous ma main lorsque j'agrippe ses fesses musclées. Une chaleur nouvelle et inconnue vient inonder mon bas-ventre. Lucca me prend par la main pour m'emmener loin de la foule. Le soleil se couche et un léger mistral balaye mes cheveux roux détachés pour l'occasion. On s'arrête finalement à quelques mètres dans un endroit isolé, on entend la musique du club au loin et le bruit des vagues en fond sonore. Une maison de pêcheurs se tient là, j'y distingue quelques bougies allumées à l'intérieur. Je sens mon cœur battre de plus en plus vite, j'ai l'impression qu'il pourrait sortir de ma cage thoracique. Je rougis et détourne la tête, mais Lucca lève doucement mon menton pour me regarder dans les yeux, nos visages sont à seulement quelques centimètres l'un de l'autre. Son regard m'inonde de chaleur, Lucca me rassure, je me sens importante, j'ai l'impression que nous sommes seuls au monde. Une certaine tension est palpable. Lucca pose ses lèvres sur les miennes, délicatement d'abord, puis avec davantage de passion.

Ses bras m'entourent, et pendant que sa main gauche maintient ma nuque pour mieux m'embrasser, sa main droite découvre mon corps. Son baiser se fait plus intrusif, sa langue vient à la rencontre de la mienne. Je suis à bout de souffle. Quand Lucca se détache de moi, c'est du désir que je peux lire dans ses yeux. Je ressens de nouvelles sensations en moi, certaines réactions que je n'aurais pas soupçonnées. Je me laisse guider, et c'est naturellement que nous entrons dans la maison. Il me rassure en me disant que cet endroit appartient à sa famille et que personne ne viendra, en tout cas pas ce soir. C'est petit et rustique, mais les bougies allumées çà et là donnent un certain charme au lieu. Il n'y a qu'une pièce avec, au centre, une table, quatre chaises, un poêle pour cuisiner et un lit qui borde le dernier côté.

Dans les yeux de Lucca, je me sens belle, désirée et désirable. Sa bouche vient à nouveau rencontrer la mienne, je sens mes bras se lever, au-dessus de ma tête. Lucca me retire ma robe. Je suis presque nue devant lui, je n'ai pas peur. Il me regarde d'un air coquin, et il semble apprécier ce que je lui offre. À mon tour de m'approcher pour lui retirer son tee-shirt. Nous nous embrassons, nous collons nos corps l'un à l'autre. Le temps s'arrête. Là, debout au milieu de la pièce, nous sommes enlacés, je sais que ce moment changera à jamais ma vie.

Mes bras autour de son cou, il en profite pour me porter, mes jambes s'enroulent autour de lui. Je sens son désir gonfler à travers son jean. Lucca avance lentement vers le lit, sans jamais briser la connexion avec moi, ses yeux dans les miens. Il sait que tout cela est nouveau pour moi. Il sait que je manque cruellement d'expérience et cela me rassure qu'il soit si doux avec moi.

Il me pose délicatement et se déshabille avant de me rejoindre. Lucca a l'air vraiment sûr de lui, je me laisse faire, car je ne sais pas comment agir, où mettre mes mains, je ne sais tout simplement pas comment faire. Je sais juste que j'en ai très envie. Je veux m'offrir à lui, je me sens prête, et c'est avec lui que je vais passer cette étape. Lucca est très prévenant, il est doux, il me parle, me rassure, me caresse, me cajole, et tout se fait finalement très naturellement. Je m'aperçois que j'aime quand il m'embrasse, j'aime quand il me mordille les seins, j'aime sentir le désir monter en lui et je suis fière d'en être responsable. Lucca ne lâche pas mon regard, puis m'embrasse sur tout le corps, je ne le sens même pas enlever ma petite culotte avant de venir se glisser entre mes cuisses. Il s'introduit en moi, petit à petit, je grimace, ce n'est pas aussi agréable que je l'espérais, je me crispe. Lucca le sent, il chuchote à mon oreille, me rassure, et je me détends pour mieux m'ouvrir à lui. Je me concentre sur cette sensation nouvelle de chaleur. Quelques minutes plus tard, il arrête ses va-et-vient dans un râle de plaisir. Je comprends que c'est fini.

Je me redresse et panique à l'idée d'avoir déserté la soirée et que ma sœur soit retournée à la maison sans moi. Finalement, il ne s'est passé que trente minutes depuis notre escapade. Je me relève, un liquide coule entre mes jambes, j'essaie tant bien que mal de m'essuyer avec les draps avant de remettre ma robe. Nous nous pressons pour rejoindre les autres, avant de rentrer à la villa. Lucca semble heureux. Il ne cesse de m'embrasser. Et c'est la première fois qu'il prononce ces trois mots :

Je t'aime.

Chapitre 43
Lalie

Nous avons quitté le *Radisson Blu Resort* après la « rupture » de Margaux. Mais vu la tête de Jonas, je ne suis pas certaine qu'il ait vraiment compris ce qui vient de se passer. Connaissant Margaux, elle a dû lui sortir une tirade digne d'une comédie romantique. Si ça se trouve, il n'y avait aucun début de relation et ma bichette s'est fait un film. Jonas a l'air plus étonné que triste pour une soi-disant rupture. Bref, cette journée fut épuisante et elle n'est pas terminée, il n'est que dix-huit heures. Comment une journée de « rien » peut-elle me fatiguer autant ? Trop d'émotions, trop de relâchement, trop d'inattendus, trop de tout…

Je conduis notre petite Yaris, il n'y a aucun bruit dans l'habitacle, personne ne parle. Les silences entre nous sont rares mais reposants, je l'avoue. Je tourne rapidement ma tête vers ma passagère de droite, Margaux est collée à la vitre et regarde le paysage défiler. Je lève les yeux vers le rétroviseur et jette un œil aux filles derrière. Vanessa a les yeux fermés, mais je sais qu'elle ne dort pas, son visage se crispe régulièrement. Elle est têtue de ne pas vouloir aller aux Urgences. Charlotte a le nez sur son portable, il a vibré tout l'après-midi, les jumeaux l'ont rendue dingue (pour une histoire de soirée PlayStation chez des copains), tata Lalie a même dû intervenir… je leur ai envoyé un message leur demandant de laisser leur mère tranquille, qu'elle n'était plus joignable pour le reste de la semaine et qu'ils avaient accessoirement un père… mais apparemment, celui-ci est aux abonnés absents.

Je l'entends tapoter frénétiquement sur son téléphone. Si je ne la savais pas agacé j'aurais fait une boutade, mais ce serai très mal venu ici Le moment détente aura été de courte durée pour elle. Je ne veux pas trop m'immiscer dans cette histoire qui semble toucher à sa fin, mais mon regard croise celui de Charlotte, et elle m'offre un sourire. Un sourire de façade qui veut tout dire et ne rien dire à la fois.

En parlant de « journée avec trop de tout », qui est planté devant le portail de la villa ? Dis-moi pas que… c'est pas vrai ! Je reconnaîtrais cette silhouette taillée en V entre mille : Lissandro ! Je fais quoi ? Je lui roule sur le pied en passant ou… Il se retourne, il tient dans sa main un bouquet de fleurs sauvages… Je m'arrête à son niveau en attendant que le portail s'ouvre entièrement, la vitre de la voiture étant déjà baissée, il se penche.

— Bonjour, Lalie, on peut discuter ?

— Je ne sais pas ! Je suis avec mes amies, là, et franchement, je ne vois pas vraiment ce qu'on pourrait se dire !

— J'ai les infos que tu souhaitais sur la villa ! On peut commencer par ça !

— OK. Pourquoi pas, entre.

J'avance dans l'allée pour garer la voiture. Je cherche le soutien des filles qui pourraient me donner une sorte de motivation, mais elles ont déjà déserté ! J'entends la porte de la villa se refermer. Je descends du véhicule. Lissandro a l'air vraiment ridicule avec son bouquet de fleurs jaunes à la main. Je regarde à nouveau en direction de la villa, trois têtes sont collées à la vitre, très discrètement, les bichettes ont le nez aplati comme celui d'un cochon, afin de jouer les commères.

Margaux fait le signe d'un pistolet sur la tempe, elle tire et disparaît, Vanessa me tire la langue et Charlotte fait semblant de s'égorger…

— Tiens, c'est pour toi, ce sont des immortelles, je les ai cueillies pour toi, il y en a plein le maquis. Elles ne fanent presque pas, d'où leur nom.

Je prends le bouquet qu'il me tend et le hume, elles sentent le miel et le curry, c'est surprenant. Lissandro et moi avançons, je tourne la tête vers la fenêtre, comme je l'imaginais, elles sont toujours scotchées à la vitre, je leur tire la langue, leur fais un clin d'œil et poursuis mon chemin.

— Finalement, tu tombes assez bien, je n'ai pas encore eu le temps d'explorer la dépendance. Attends-moi là, je vais chercher le trousseau de clefs.

— Ce n'est pas la peine, je les ai !!! Désolé, c'est volontairement que je ne t'ai pas donné toutes les clefs, j'espérais que tu me rappelles, mais tu ne l'as pas fait.

— J'étais occupée. Viens avec moi alors, ne reste pas planté là comme un idiot.

Je pose le bouquet sur le rebord de la fenêtre et me dirige de l'autre côté de la palissade, Lissandro fait son gentleman et m'ouvre le portillon qui sépare les deux jardins. Il attend, je le précède, il me suit de près en posant sa main dans mon dos. Je m'écarte par réflexe C'est une vaste étendue en friche, jaunie par le soleil. Elle entoure un bâtiment en pierres blanches, empilées les unes sur les autres, avec un toit en tuile. Ce côté du jardin manque clairement d'entretien. En arrivant devant l'énorme porte en bois, Lissandro sort de sa poche une grande clef en laiton. Il pousse avec difficulté la porte de la bâtisse.

— Waouh ! Je n'ai pas vraiment de mots, c'est…

— Resté dans son jus, je dirais. Ici se trouvait une remise, on y rangeait tout le matériel extérieur. À Bastelicaccia, il y avait trois ou quatre familles de métropole qui avaient forcément un lien de parenté avec quelqu'un ici en Corse, sinon on ne pouvait pas devenir propriétaire. Aujourd'hui, c'est assez difficile pour quelqu'un de la métropole d'acquérir un terrain pour construire, mais l'achat de biens anciens est plus facile. D'après mes recherches, cette maison est dans la famille Bartoli depuis 1952, et elle se transmet de génération en génération. Il y a cinq ans, un certain M. Agostini a versé une grosse somme d'argent à notre agence immobilière pour que l'on effectue les rénovations. Ce que nous avons fait, ils ont duré un an. Depuis, nous gérons la location saisonnière, et la villa ne désemplit pas. Nous bloquons deux semaines en avril pour votre famille et deux semaines en septembre.

— Tu es en train de me dire que j'ai du sang corse qui coule dans mes veines ? Qui est ce M. Agostini ? Et qui vient à cette période ?

— Oui, tout à fait. Je ne sais pas qui est M. Agostini pour ta famille, mais c'est lui qui a tout supervisé sur place avec l'accord de ta grand-mère. J'ai retrouvé un courrier dans le dossier de la villa disant qu'elle donnait tout pouvoir à ce monsieur. Je ne sais pas exactement, l'agence ne tient pas de registre pour ces périodes.

— Mais les bénéfices de la mise en location de la maison ont bien été versés à ma grand-mère ? J'ai vu les comptes chez le notaire, mon oncle et ma tante ont hérité de cet argent. Quel était donc l'intérêt de cet homme dans cette affaire ?

— Je n'en ai aucune idée, Lalie. Tu vas devoir fouiller un peu. Agostini est un nom très présent ici en Corse, ce ne sera pas facile de le retrouver. Enfin, si tu le souhaites ! Que comptes-tu faire de la villa et de ce bâtiment ?

— Tu ne perds pas le nord, Lissandro ! Je croyais que tu étais venu t'excuser pour ton attitude narcissique d'hier soir.

— Oui, mais ma fierté l'emporte, et les fleurs veulent tout dire, non ? Puis-je me rattraper ? Me laisses-tu une seconde chance ? Je ne suis pas celui que tu crois. Pour tout te dire, tu me déstabilises, ton assurance et ta confiance en toi me font peur et m'attirent à la fois.

— Je ne savais pas que je faisais cet effet-là.

— Si, je t'assure, mais revenons sur un sujet avec lequel je suis plus à l'aise… l'immobilier. J'ai surtout comme mission de maintenir notre contrat de gérance de location pour la villa.

— Hum hum, quel est le pourcentage de l'agence sur les loyers perçus ?

— 5 %.

— Par mois ?

— Non, par location !

— Ce qui correspond à quel montant ?

— En pleine saison, la villa est louée 2 500 € la semaine, et en basse saison, 1 500 €. En pleine saison, l'agence touche environ 3000 € par an. Et environ 55 000 € pour toi !

— Ah oui, quand même !

— Et maintenant que tu as découvert ce magnifique bâtiment, qui certes a besoin d'un rafraîchissement, il serait judicieux pour toi, pour nous, de le transformer également en logement saisonnier. Qu'en dis-tu ?

— Tu as vraiment un sens aigu des affaires, toi… Mais 5 %, cela me paraît important ! Ce pourcentage est-il négociable ?

— Tu es dur en affaire ? Cette somme permet de payer le personnel qui effectue le ménage, le marketing, le site Internet de réservation en ligne et mon salaire !

— Hum, tout est toujours négociable !

— Imagine ce que cela pourrait t'apporter, un complément de revenu plutôt sympa ! Tu pourrais même arrêter de travailler et venir vivre ici !

— Et tout faire moi-même, pour le coup ? Et gagner 5 % de plus… intéressant, effectivement. Mais quitter mes trois amies, hors de question, elles sont la famille que j'ai choisie, il m'est impossible de vivre sans elles. D'ailleurs, je vais les rejoindre et repenser à notre conversation plutôt enrichissante. Tu m'excuseras, je ne te propose pas de prendre un verre avec nous, hein !

— Non, mais venez à *L'Alta Rocca* ce soir !

— Je vais y réfléchir.

Chapitre 44
Solange
1984

Je n'ai pas vu Lucca depuis quelques jours, ça lui arrive souvent… Mais quand il est là, il n'est rien qu'à moi et me fait découvrir des lieux incroyables. La semaine dernière, nous avons visité les calanques de Piana. C'était magnifique !

Aujourd'hui, Andria m'a donné rendez-vous sur la place de Porticcio, c'est lui qui me tient compagnie pour aller à la plage. J'ai donc rencontré sa mère qui y tient un magasin de souvenirs. La boutique d'à côté est tenue par la mère de Lucca, c'est une boutique de vêtements, je n'ai pas osé y entrer. Ce qui est vraiment bête, car ce n'est pas écrit sur mon front que je suis amoureuse de son fils… Sur le chemin, j'ai beau le questionner sur leur travail d'été, il ne fait que me répéter : « Moins tu en sais, mieux c'est ! » Il m'a simplement averti que Lucca était parti près de Bonifacio, sa famille attend une livraison de colis qui doit arriver par bateau depuis le port de Marseille.

J'ai l'impression qu'ils me prennent pour une fille naïve, une ignorante, une idiote… Je m'intéresse à l'actualité, je sais lire et j'ai lu les journaux, en juin dernier, j'y ai appris qu'il y a eu comme un coup d'État dans une maison d'arrêt, et deux hommes ont été tués dans leurs cellules. Inimaginable ! Même si je sais qu'en Corse il y a beaucoup d'histoires de famille. Le FLNC (Front de libération nationale corse) aurait revendiqué cet attentat. C'est un groupe de résistants aux méthodes douteuses aspirant à la libération de la Corse, ou plutôt son indépendance politique, mais pas seulement, ils militent également contre les différents trafics de drogue qui prennent de plus en plus d'ampleur.

« La bande du Petit Bar », le nom des trafiquants, aurait pris ses quartiers dans le sud de l'île, je l'ai appris par mon grand-père qui en discute avec ses copains au bar du coin, justement, ce qui est assez cocasse comme situation. Ce matin même, en allant chercher le pain, je l'entendais encore se plaindre, il voit d'un mauvais œil toute cette jeunesse qui s'encanaille, qui traficote et fait du bruit avec les mobylettes ! Je suis certaine qu'ils ne font rien de mal.

J'espère vraiment que Lucca et Andria ne se sont pas embarqués dans une telle activité. Je trouve quand même étrange qu'ils soient connus comme le loup blanc à *L'Alta Rocca*. Ils serrent des mains à tout le monde, les poignées sont plus ou moins longues en fonction des personnes qu'ils ont en face. Pourquoi nous n'allons que dans ce lieu ? Je pense qu'il y a d'autres plages paradisiaques, d'autres endroits attrayants. J'espère avoir le fin fond de l'histoire un jour et qu'il m'expose toutes leurs cachotteries.

Chapitre 45
Lalie

Je n'ai pas dormi de la nuit : trop de questions restent encore sans réponses ; de plus, la proposition de Lissandro est alléchante. Qui ne rêve pas d'être à la retraite à quarante ans ? J'ai toujours entendu Mamie-Line dire qu'il fallait profiter de chaque instant, car le temps passait trop vite. Si j'avais la possibilité de ne plus travailler et faire ce dont j'ai envie quand j'en ai envie, ce serait le rêve ultime ! Il faut dire que mon métier ne me passionne pas. Je suis une secrétaire médicale efficace, mais c'est un job alimentaire. Petite, je voulais être bijoutière, je rêvais de dessiner des bijoux pour les fabriquer ensuite. Je suis nulle en dessin et je me coupe en épluchant des pommes de terre... je ne réaliserai pas ce rêve, j'en suis consciente, mais pourquoi pas un autre ?

Je me suis mise à repenser à ma mère et à cette photo, à l'homme qui l'enlaçait... qui est-il ? Et puis le train du sommeil est passé, enfin, après l'avoir raté deux fois. J'ai consulté l'heure sur mon portable à 1 h 12 puis 3 h 03, et la dernière dont je me souviens est 5 h 14.

Nous sommes en vacances, c'est certain, mais la grasse matinée sera pour plus tard. Aujourd'hui, nous devons prendre le bateau dans deux heures, direction Bonifacio. J'entends les filles qui s'activent dans la salle de bains. Il faut vraiment que je me lève. Je vais devoir sauter le petit déjeuner si je veux être à l'heure.

— Holà, les bichettes.

— Oh, la vache, Lalie, on ne part pas aujourd'hui, pas la peine de trimballer tes valises !

— Très drôle, Vanessa, et toi, tu as pensé à ton

antirides, il me semble en apercevoir une nouvelle… ici !

— Un partout, je compte les points, mime Margaux, faisant semblant d'écrire sur un carnet invisible.

— Bon, les filles, vous savez que je vous aime beaucoup, j'ai fait beaucoup d'efforts pendant ce séjour, mais je suis là, sous la douche, et j'aimerais sortir… ronchonne Charlotte.

— Bah sors !

— J'ai oublié ma serviette, nounouille ! Et là, c'est trop pour moi. Hors de question de me balader à poil !!!

— C'est toi, la nouille, dis-je.

C'est vrai que Charlotte a vaincu sa pudeur, mais effectivement on ne va pas abuser. J'attrape ma brosse à dents, lui tend une serviette avec une main sur les yeux et nous nous éclipsons. Margaux sort de la salle de bains et finit de se préparer dans sa chambre. Je vais dans la cuisine pour un brossage de dents express pendant que Vanessa s'affaire à ranger notre bazar.

— Tu es sûre que ça va aller pour aujourd'hui ? me demande-t-elle. C'est une grosse journée qui nous attend.

— Merci de t'inquiéter pour moi, môman, le bateau va me bercer, je ne vais avoir aucun mal à m'endormir. En trois heures de navigation, je peux piquer un petit roupillon, non ?

— Si tu le dis, allez, grouille, départ dans quinze minutes, et prends une petite laine, il risque de faire frais durant la traversée.

— OUI, môman !

C'est plus fort qu'elle, Vanessa est une vraie mère poule, elle ne peut s'empêcher de prendre soin de nous, c'est inné chez elle. « Vous devriez remettre de la crème solaire », « buvez pour vous hydrater, il fait chaud »,

« pensez à ceci », « prenez cela », et c'est dit d'une façon tellement douce que nous obéissons toujours. Ce qui me rappelle que je dois également prendre soin d'elle.

— Et toi, comment tu te sens ? Je t'ai entendue plusieurs fois te lever, cette nuit ! J'ai cru distinguer des pleurs, mais je ne sais pas si je rêvais ou non.

— J'ai eu de très gros spasmes cette nuit, j'ai réellement cru que j'accouchais, et puis une fois sur les toilettes, j'ai senti comme un… c'était… j'ai entendu…

— Une ouverture de vanne, puis les chutes du Niagara !!!

— J'aime beaucoup cette image, très poétique par rapport aux sensations éprouvées… Ne me dis pas que tu as déjà vécu ça ?

— On va dire que c'est une des raisons pour lesquelles je ne suis plus avec l'autre. J'ai fait plusieurs fausses couches et « Monsieur » affirmait que c'était ma faute, que j'étais incapable de lui donner un enfant… Bref, c'est du passé.

— Lalie ! Tu ne nous en as jamais parlé !

— Non, je vivais cela en secret…

— Tu as bien fait de le jeter, cet enculé de gros con de sale type de merde.

— Vanessa qui se lâche, incroyable !! Heureusement que tes enfants ne sont pas là, sinon tu aurais mis 5 € dans la boîte à gros mots !!! Plus sérieusement, bichette, il faut que tu consultes rapidement. Tu ne veux pas qu'on aille à l'hôpital ?

— Non, ça va aller. Puis ça va être compliqué ici !

— Je te rappelle qu'on est en France, pas à Tombouctou !

— Je vois ma sage-femme en rentrant, je l'ai contactée,

elle me reçoit entre deux rendez-vous. Je vais mettre une couche pour la journée et ça va aller.

« Ça va aller. » Combien de fois j'ai pu dire « Ça va aller », alors qu'au fond de moi rien n'allait ? Combien de fois ai-je entendu cette phrase dans la bouche de mes amies, alors que je savais qu'elles n'allaient pas bien ? C'est plus facile de dire que tout va bien plutôt que son contraire.

— Vanessa ! Depuis combien de temps on se connaît ?

— Au moins autant d'années que le nombre de rides sur mon visage, bourrique !!! Je n'ai pas envie de gâcher ce merveilleux séjour en perdant du temps aux Urgences. Allez, on va rater le bateau, en route, mauvaise troupe !

Chapitre 46
Charlotte

La navette Porticcio-Bonifacio est déjà accostée quand nous arrivons, alors ni une ni deux, sac à dos accroché, on monte dessus sans réfléchir. Ou presque. Margaux m'attrape le bras, elle recommence à respirer fort et rapidement :

— Je peux pas, là !

— C'est pas vrai, tu ne vas pas nous refaire le coup du petit chien ! Respire, ça va aller.

— C'est quoi ce truc, ce n'est pas un bateau, c'est une barque, on va couler comme le *Titanic* !

— Bon, vois le côté positif et dis-toi que l'eau est à 27 degrés !

Lalie et Vanessa sont déjà à bord, elles nous font signe de nous dépêcher un peu. Les matelots nous aident en nous prenant la main pour enjamber la passerelle, des gentlemen... Enfin, non, c'est parce que nous sommes les dernières, ils remontent le ponton. Le bateau est bondé... À vue de nez, ou plutôt à vue d'œil, nous sommes au moins soixante-dix personnes à bord. Les filles ont déjà pris place à l'avant.

Une voix nasillarde crache des informations dans les haut-parleurs : « Mesdames et Messieurs, bienvenue à bord du *LuSol*, je m'appelle Lucca et je suis votre commandant de bord. Nous voguerons sur la Méditerranée pendant trois heures à destination de Bonifacio, le bateau fera escale pour six heures, nous nous retrouverons vers seize heures, si vous avez des questions, n'hésitez pas à faire appel au personnel de bord, nous sommes là pour vous, l'équipage et moi-même vous souhaitons une bonne traversée. »

Vanessa a le nez sur son portable, c'est une habitude chez elle, je suis certaine qu'elle consulte Wikipédia pour pouvoir nous proposer une visite guidée argumentée afin d'améliorer notre culture générale. Elle ne peut pas s'en empêcher. Je croise le regard de Lalie, je lis sur ses lèvres : « On parie combien ? » Je lui réponds avec mes mains « 10 € » et Margaux, qui a intercepté notre mutique conversation, nous fait les gros yeux et dit « non » de la tête… Le vent est frais, on a bien fait de prendre un pull, Vanessa sourit en nous voyant l'enfiler. Que ferait-on sans elle ?

Nous longeons la côte est de l'île, je suis subjuguée par les différentes teintes de bleus de cette mer agitée. Je suis comme hypnotisée, ce qui me permet enfin de faire le vide et de ne penser à rien. Un vrai bonheur ! Depuis notre arrivée, je ne fais que penser, réfléchir, peser le pour et le contre, analyser toutes les conséquences de ma décision. Quitter mon mari, ne pas quitter mon mari ? Entamer une thérapie de couple ? Essayer de sauver le peu qu'il reste ou bien me sauver moi ?

Je remarque que les filles sont dans le même état : Vanessa observe un couple avec leurs enfants et je sens que son cœur se serre et que les siens lui manquent. Nos regards se croisent, toujours silencieusement je lui fais signe qu'il nous reste deux jours… Elle me sourit en retour. Lalie et Margaux scrutent le large.

J'ai une envie pressante, j'espère que ce bateau est équipé, je me lève, Margaux me suit.

— Ah, toi aussi ! dis-je.

— Oui, depuis au moins quinze minutes, mais je n'ai pas osé y aller, le paysage est tellement beau.

— Je suis bien d'accord avec toi, mais là, je ne tiens plus !

— En même temps, avec les deux bols de café que tu as pris ce matin, ce n'est pas étonnant !

— Exagère pas, quand même…

Nous tanguons à en perdre l'équilibre, Margaux met la main sur une porte pour se retenir ; celle-ci est battante et s'ouvre vers l'intérieur, et nous voilà dans la cabine de pilotage, nous tombons nez à nez avec le capitaine du bateau, M. Lucca !

— Mesdemoiselles, vous avez besoin de quelque chose ? Vous cherchez les toilettes, je suppose ? Elles se trouvent un peu plus loin derrière, traversez le bateau, puis avant de ressortir, ce sera sur votre droite.

Je regarde Margaux, elle me regarde. On referme la porte et on se dirige vers l'endroit indiqué.

— Tu l'as reconnu ?

— Toi aussi ?

— Tu es sûre de toi ?

— Je sais pas, mais on dirait bien que c'est notre acariâtre voisin ?

— Il a été pourtant fort agréable aujourd'hui.

— Il est peut-être bipolaire ?

— Dis pas de bêtises…

Une fois notre vessie soulagée, nous nous pressons pour raconter notre découverte à Vanessa et Lalie. Les filles ne nous croient absolument pas. La voix nasillarde reprend du service :

« Mesdames et Messieurs, nous arrivons à Bonifacio, à la descente du bateau, un petit train touristique vous attend environ cent mètres à gauche en sortant du port, vous pourrez l'emprunter avec le billet de la traversée.

Bonifacio se mérite, la vieille ville se trouve sur les hauteurs, je vous conseille vivement de monter dans ce train. Attention, nous nous retrouvons à seize heures tapantes pour un retour vers Porticcio à dix-neuf heures, merci de respecter cet horaire. Belle découverte. À tout à l'heure. »

Chapitre 47
Lalie

Les filles sont persuadées que le capitaine du bateau, Lucca, est notre voisin, mais j'ai du mal à y croire. Je les laisse imaginer ce qu'elles veulent, moi, je suis en train de tomber littéralement amoureuse de cet endroit.

Bonifacio est assurément l'un des lieux touristiques les plus connus de la Corse, et c'est assez justifié tant cette ville est pittoresquement unique. À la fois par sa situation, perchée sur les hautes falaises calcaires qui font face à la Sardaigne toute proche, mais aussi grâce à sa marine, véritable fjord étroit et profond. Dès l'entrée, on saisit rapidement comment est organisée cette cité atypique. La partie basse, composée du port de commerce et du port de plaisance, et les quais. Sur ce tout petit port, on trouve restaurants, bars et glaciers, ainsi que des commerces permettant de découvrir l'artisanat et les spécialités locales. La haute ville, blottie entre les fortifications de la citadelle, propose une ambiance différente. L'accès peut se faire à pied, par la « montée du Rastello » depuis les quais. On pénètre alors dans la ville fortifiée par la « Porte Génoise » et son pont-levis très impressionnant. Nous choisissions ce chemin et montons, les ruelles sont étroites et les maisons sont perchées à flanc de falaise (ceux qui y habitent ne doivent pas avoir le vertige). Nous empruntons le chemin de ronde qui nous offre une promenade médiévale au cœur des fortifications de la ville. Il y a des coquelicots partout aux abords des routes, ma fleur préférée. Nous tombons sur l'escalier du roi d'Aragon.

Vanessa prend la parole et commence son discours :

— C'est l'escalier que nous avons pu apercevoir en entrant dans le port. En 1420, Alphonse V d'Aragon revendique l'île à la suite de la concession de la Corse du pape Boniface VIII à son ancêtre. Il assiège Bonifacio pendant près de cinq mois. Selon la légende, l'escalier aurait été creusé en une seule nuit par les Espagnols. En réalité, cet escalier a été réalisé sur une durée plus longue par des moines, pour accéder à la source d'eau potable située dans la grotte au pied de la falaise. Il comporte 187 marches…

Elle n'a pas le temps de terminer que nous éclatons de rire.

— Quoi ? C'est hyper intéressant, non ? Il faut entretenir et développer notre culture générale, non ?

— Donc, Margaux, tu nous dois 10 €, on avait raison, tu as perdu.

— Vous êtes de vraies garces, puisque c'est comme ça, je ne vous dirai plus rien jusqu'à la fin du séjour, vous rentrerez complètement incultes, boude Vanessa.

— Oh, bichette…

Nous câlinons Vanessa pour nous faire pardonner.

— Alors, on y va ou pas ?

— Pourquoi pas ?

Nous avançons vers les premières marches, mais nous sommes arrêtées par deux jeunes hôtesses qui nous expliquent que le tarif de l'activité est de 5 € par personne et que nous devrons porter un casque ridicule.

— Sérieusement ? Cinq balles pour descendre des marches ? Ça va nous prendre vingt minutes ! Plus cher que la salle de sport.

— Où tu ne vas plus depuis des mois ! J'adore envoyer des piques à mes amies…

— Cela dit, tu n'as pas tort, Margaux. Je trouve ça un peu cher pour un escalier que nous avons vu depuis la mer en arrivant avec le bateau.

— Oh, dommage ! J'aurais vraiment aimé vous voir affublée de ce petit casque de spéléo ! Ça aurait fait des souvenirs !

— Bon, tout ça m'a ouvert l'appétit, déclare Charlotte, et avec les 10 € de Margaux, je vous paie un verre.

Je suis entièrement d'accord avec Charlotte, nous cherchons non pas un attrape-touristes, mais une table avec des produits locaux, légèrement à l'écart du centre. Nous nous perdons dans la vieille ville, je crois que c'est le meilleur moyen de visiter n'importe quel lieu. Suivre son instinct à droite, puis non, à gauche, s'engouffrer dans une impasse, faire demi-tour pour finalement se trouver au bon endroit. Un peu comme dans la vie… Effectivement, je n'ai pas encore trouvé le bon endroit, la bonne place, mais j'avance.

La journée passe à une vitesse folle, il nous reste une heure avant de rejoindre le bateau, les filles veulent faire un peu de *shopping*, de quoi ramener des souvenirs. Moi, les souvenirs, je les garde dans ma tête et dans mon cœur, pas besoin d'objet pour me rappeler les moments passés ensemble. Même si la collection de magnets sur mon frigo affirme le contraire… Je pense donc en trouver un ici.

Nous sommes pile à l'heure pour remonter à bord du *LuSol*. J'aperçois un homme regarder la mer l'air inquiet, les autres matelots que je reconnais commencent à diriger les passagers vers l'intérieur du bateau. Nous montons et nous installons à l'extérieur, rebelles que nous sommes.

Une annonce se fait entendre : « Mesdames et Messieurs, le vent était présent ce matin et l'est encore plus en cette fin d'après-midi, les vagues seront plus importantes et une houle risque de se former. Il n'y a pas d'inquiétude à avoir, l'équipage reste à votre disposition pour quoi que ce soit, bonne traversée. »

Je regarde les filles, dubitative :

— Ça veut dire quoi ce discours ?

— Ça veut dire que ça va bouger un peu, ça va tanguer dans ton corps, ma belle ! Tu as le mal de mer ? me demande Charlotte.

— Je ne crois pas, et vous ?

— Je vous l'avais dit, je vous l'avais bien dit, insiste Margaux, paniquée.

— De quoi tu parles ? Je ne comprends pas.

— Du remake de *Titanic* !

La réponse à cette question ne s'est pas fait attendre, trente minutes après le départ, Charlotte est devenue blanche, Margaux ne fait pas la fière, mais Vanessa, elle, est complètement détendue. Je suis surprise par un coup de fatigue incroyable, je décide de me caler confortablement dans mon siège et ferme les yeux. Le bateau me berce. Dans mon demi-sommeil, j'entends que des gens sont malades, je n'y prête pas plus attention, cela doit être les mêmes personnes qu'à l'aller. Je ne sais pas combien de temps j'ai fermé les yeux, mais d'un coup je me redresse et régurgite tout mon repas par-dessus bord ! J'ai chaud, j'ai froid, je ne suis pas bien. Je reprends mes esprits et constate que Charlotte a un sac à vomi dans les mains, prête à faire feu, Margaux est livide… J'entends ses haut-le-cœur. Vanessa en profite pour prendre des photos souvenirs… Je regarde autour de moi, plus de la moitié des passagers est dans un sale état.

Je me rassure en me disant que ce n'est pas une

intoxication alimentaire, nous n'avons pas tous mangé au même endroit, mais c'est bien l'effet des vagues sur notre estomac. Je crois que ce M. Lucca a minimisé la chose, les matelots sont débordés et ne savent plus comment gérer la situation, les vagues ne sont pas très hautes mais nombreuses. Le bateau monte et descend comme dans un manège de fête foraine. Dans mon corps, tout est mélangé, ça monte, ça descend, je pense que je vais à nouveau vomir. Je n'aurais jamais dû m'endormir. Je me lève, ma tête tourne, je suis au bord du malaise, je le sens arriver, j'ai un coup de chaud, puis finalement une descente vertigineuse de ma température corporelle, ma vision se trouble, des frissons me parcourent le dos, j'ai l'impression que tout mon sang quitte mon corps, je suis étourdie. Je me lève, je vacille, un matelot me soutient et m'emmène à l'écart. Je me retrouve dans la cabine du commandant de bord.

— Donnez un verre d'eau et du sucre à cette jeune femme. Putain, les gars, c'est quoi ce bordel ??? Je n'ai jamais vu autant de malades dans un seul bateau. C'est elle qui a fait un malaise ? Et les autres ?

— Il y a plus de la moitié des passagers malades, capitaine ! Oui, c'est elle. Les autres rendent juste leurs tripes, ça devrait aller. Ils se sentiront mieux une fois les pieds sur terre. Son état à elle est plus inquiétant. Je vous la laisse ?

— OK. Il nous reste encore une heure de traversée, répond le capitaine.

Il n'y a plus de doute, j'ai bien reconnu notre voisin. Les filles avaient raison. Il me fait signe de m'asseoir dans un fauteuil beaucoup plus confortable.

— Doucement, le verre d'eau, jeune fille, une gorgée à

la fois.

J'obéis et laisse mes yeux parcourir ce nouvel environnement. Il y a des cadrans un peu partout, puis mon regard se pose sur un pêle-mêle de photos. Je fronce légèrement mes yeux… deux photos accrochent mon regard. Elles datent un peu, jaunies par le soleil. La première, je l'ai eue entre les mains récemment, c'est celle de trois jeunes hommes sur la plage, Benoît, Andria et… j'en déduis que le troisième est donc Lucca. Pour la deuxième, j'approche ma tête plus près, c'est un couple, l'homme regarde amoureusement une femme : ma mère.

Chapitre 48
Solange
1984

Après avoir réceptionné la marchandise secrète, Lucca est venu nous rejoindre avec le sourire aux lèvres. Andria et lui se congratulent car ils ont réussi. D'après ce que je comprends, ils ont validé leur période d'essai et font partie du « clan ». Lequel ? Je ne saurais dire. Cette entreprise a l'air lucrative au vu des plans sur les gains potentiellement importants qu'ils vont toucher dès la semaine prochaine. Lucca me dit que, avec l'argent qu'il va gagner au cours des mois qui viennent, c'est lui qui viendra me voir chez moi en métropole. Il n'a jamais quitté l'île et il a des projets à grande échelle pour l'avenir, pour leur entreprise.

Je crois bien que les cousins ont de grandes idées, mais auront-ils les moyens de toutes les mettre en œuvre ? C'est beau de rêver... Eux, au moins, ont la chance de savoir ce qu'ils veulent faire dans leur vie. Avec des parents commerçants, ils ont de l'ambition, c'est certain. Moi, j'ai dix-sept ans, je sais que je me dois de passer mon bac sur recommandation expresse de mes parents, et ensuite je ne sais absolument pas ce que je ferai dans la vie.

J'aurai bien le temps d'y penser quand je serai à la maison. Pour le moment, je souhaite profiter de notre dernière soirée sur l'île, car demain nous reprendrons le bateau pour rentrer en France. Pour l'occasion, papi et mamie ont accepté que nous campions avec nos amis sur la plage.

J'espère qu'Isabelle sera trop occupée avec son amoureux pour ne pas remarquer mon absence. Avec Lucca, nous avons prévu de nous retrouver dans la maison de pêcheur. J'ai bien envie de retenter l'expérience maintenant que je sais ce qui m'attend.

Chapitre 49
Lalie

Que faire, que dire ? Je reste silencieuse, ou plutôt interdite. Malgré mon mal-être, mes nausées, mon cerveau n'arrive pas à faire de déduction logique. C'est bien ma mère qui se trouve sur cette photo. Cette situation est tellement hallucinante que je vais jouer à la blonde comme je sais si bien le faire.

— C'est vous et votre femme sur cette photo ? Vous étiez jeunes, dis donc…
— On dirait que vous allez mieux ?

Mince, il ne répond pas à mes questions, je suis mal engagée !

— Oui, ça va mieux, effectivement.
— Si vous avez retrouvé vos esprits, je pense que vous pouvez rejoindre vos amies !
— Euh, oui, bien sûr, en effet, c'est ce que je vais faire.

Je me lève brusquement, j'ai la tête qui tourne encore, alors je me rassois.

— Êtes-vous sûre que vous allez bien ?
— Oui, et désolée d'avoir été un peu trop intrusive. Je vous laisse.
— Merci, il ne reste plus que trente minutes de traversée, la houle se calme légèrement, ces dernières minutes devraient être plus paisibles. J'avais prévenu ce matin que les conditions météorologiques seraient plus difficiles au retour, mais c'est bien la première fois qu'une telle situation arrive. J'en suis vraiment navré… Et puis non, finalement, ça fera des souvenirs pour tous les passagers. Il est possible que certains en parlent encore dans dix ans.

— C'est possible, oui.

Cette fois-ci, c'est la bonne, je me lève sans vaciller, ou presque, et je vais rejoindre mes amies. Cette photo ne quitte pas mon esprit. Les yeux du capitaine étaient embués de nostalgie ou de chagrin, je ne saurais vraiment déchiffrer ce que j'ai pu y lire. Mais il est certain qu'il tenait beaucoup à ma mère. J'ai hâte de découvrir ce qui se cache derrière tous les indices que je trouve ici et là. Quel mystère me cache-t-on encore ? Y a-t-il réellement un secret ou ce sont les filles qui ont simplement fait germer cette idée dans ma tête ?

Il est certain que cette traversée, cette journée et tout ce séjour resteront gravés dans ma mémoire. Je le raconterai un jour à mes petits-enfants, à condition d'avoir des enfants – et accessoirement de leur trouver un père. Comment quatre femmes ordinaires ont choisi de tout quitter le temps d'un séjour en Corse, pour se rendre compte qu'elles sont extraordinaires ? Que pour aimer, il faut d'abord s'aimer soi, que pour donner, il faut pouvoir recharger ses batteries, car celles-ci n'ont pas des ressources inépuisables. Je leur dirai que les amis sont la famille que l'on se choisit, même si chacun construit sa propre famille, nous serons toujours là les uns pour les autres, par choix, et non par sacrifice. Qu'il faut écouter la petite voix dans sa tête, qu'on peut commettre des erreurs, que l'on peut pardonner, reconnaître que la vie n'est pas facile, mais qu'elle est belle.

Chapitre 50
Charlotte

Lalie sort de la cabine du capitaine aussi blanche que la coque de ce bateau. Vanessa et Margaux ont retrouvé un peu de couleur. Nous restons silencieuses, mais je sais qu'avec un échange de regards… le fou rire sera assuré. Le bruit des gens malades est plutôt hilarant : certains se font discrets, d'autres le sont beaucoup moins. À gorge déployée, ils sortent une résonance d'ogre fumeur de Gitanes. Répugnant ! Je vois le ponton d'accotement, notre supplice est enfin terminé. Nous rassemblons nos affaires et, en file indienne, les premiers passagers descendent et touchent la terre ferme. Le visage des touristes retrouve un aspect et une couleur « normale ».

Étant la plus en forme, je propose de prendre le volant pour rentrer à la maison.

— Qui a les clefs de la Toyota ?

— C'est moi qui conduisais, dit Margaux, mais je les ai redonnées à Lalie…

— Elles ne sont pas dans mon sac à dos !

— Tu as complètement renversé ton sac dans le bateau, pour y trouver un mouchoir, elles sont sûrement tombées, réfléchit Vanessa à haute voix.

— Oh, c'est pas possible !!!

— J'y vais, les filles, c'est bon, allez au bar, là, et prenez un truc à boire, j'arrive.

Quand on n'a pas de tête, on a des jambes, sauf que là, c'est moi qui y vais et non pas Lalie, je retourne vers l'embarcation du drame. Je ne vois personne à l'horizon, mais la passerelle est toujours en place, je monte en demandant s'il y a quelqu'un… J'aperçois deux hommes en grande conversation, je reconnais le capitaine du bateau et le monsieur du spa. Sans les déranger, je déambule à quatre pattes à travers les rangées de sièges. J'entends leur conversation, celle-ci m'interpelle, je tends l'oreille.

— Lucca, je voulais te dire qu'hier j'ai vu la fille de Solange !

— Comment ça ??!!

— Oui, la fille de Solange, je te dis. Elle est accompagnée de trois femmes, très agréables au demeurant, elles sont en vacances ici. Elles doivent loger dans le coin et certainement dans la villa. Tu as forcément dû la croiser vu que tu habites à côté !

— *Ma fille*, susurre Lucca…

— Je me disais donc que c'était peut-être le moment…

— Le moment pour quoi, Andria ?

— Je ne sais pas. Je voulais juste te le dire. Après, tu fais ce que tu veux.

— Voilà, je fais ce que je veux.

— Et c'est reparti, M. Agostini refait son…

Bim, bam, boom, coup de massue, je me cogne la tête sur l'assise d'un siège.

— AAAÏÏÏE, oh putain, désolée, je viens de…

— Mais qu'est-ce que vous foutez là, mademoiselle ?

— Voilà, là, je les ai retrouvées, les clefs, on a fait tomber les clefs de la voiture, les voilà. Je vous laisse, je vais y aller, je ne vous dérange pas plus. Je n'ai rien entendu, voilà, je ne suis plus là, j'y vais.

Je détale aussi vite que possible et vais retrouver les filles au bar. Je ne suis pas certaine d'avoir bien entendu ce que j'ai entendu. Lalie me fait signe et crie :

— C'est bon, Charlotte, tu as les clefs ?

Je hoche la tête en les montrant. Je m'assois à côté

d'elle et bois d'une seule gorgée, ou presque, de la Pietra commandée pour moi.

— Doucement, malheureuse, cette bière est à 6°, mais quand même !

— Oui, désolée… mais j'ai surpris une conversation entre le capitaine et le monsieur du spa qui m'a interloquée… après m'être cogné la tête, j'ai retrouvé les clefs.

— Comment tu as pu te cogner ? m'interroge Vanessa.

— Bah, j'étais au sol, pour les chercher.

— À quatre pattes en train d'espionner les gens ! Bah bravo, Madame.

— Et donc ? demande Lalie.

— Et donc quoi ?

— Accouche, qu'est-ce que tu as entendu ???

— Je ne suis pas certaine, j'ai juste entendu le mot « fille » et le prénom de ta mère !

— Ma mère ?

— Oui, Solange, ce n'est vraiment pas courant quand même, il faut l'avouer. Bon, allez, on rentre, je crois qu'on a besoin d'une bonne douche.

— Attends un peu, Charlotte, peux-tu me répéter exactement, mot pour mot, ce que tu as entendu. Je crois que je tangue encore, là. Je voulais garder ça pour moi, mais dans la cabine du capitaine, j'ai trouvé une photo de ma mère. Elle devait avoir à peu près dix-sept ou dix-huit ans. Elle était au bras de ce monsieur.

— De qui ? demande Margaux qui a du mal à retrouver ses couleurs.

— Eh bien de Lucca, le capitaine, banane !

Margaux a un nouveau haut-le-cœur :

— J'aime pas la banane.

— Charlotte, je t'en prie, qu'as-tu entendu ? me supplie Lalie.
— Je te l'ai déjà dit, j'ai entendu ces deux hommes discuter d'une « fille » puis de ta mère. Il y avait du vent qui s'engouffrait par les fenêtres du bateau, ils ont dû tout ouvrir pour faire partir les odeurs, et mon premier objectif était quand même de retrouver les fichues clefs de la voiture.

Je souhaite maintenant que ma bouche reste bien fermée, je ne suis pas certaine d'avoir vraiment entendu ce que j'ai entendu, et comment annoncer à Lalie qu'il semblerait que là-dessous, il y ait bien un secret de famille ? Lalie me regarde avec insistance :

— Je dois savoir ce qu'il se passe.

Elle se lève d'un coup, je la rattrape par le bras.

— Pas de précipitation, bichette, comme je le disais, ce fut une journée riche en émotion, on va rentrer à la maison prendre une bonne douche, manger ou pas, dormir un peu et on avisera. Demain est un autre jour. Étape par étape, si tu veux bien.

Mes trois amies hochent la tête, comme si j'étais le messie et qu'elles suivraient mes instructions à la lettre.

Chapitre 51
Lalie

Nous avons effectivement fait tout ce que Charlotte préconisait. Ce soir, nous devions sortir, mais vu les émotions de la journée, nous avons décidé de rester tranquilles à la villa. Lissandro n'arrête pas de me relancer, car nous devions nous retrouver à *L'Alta Rocca*. Mais je n'en ai pas envie. Je suis épuisée. Il commence à être un peu trop présent, ce mec.

Après avoir avalé un petit repas concocté par mes adorables amies et fait quelques parties de Uno, vers minuit, elles filent au lit, me laissant seule avec mes doutes. C'est un jeu de piste, un *escape game*, une blague, une caméra cachée. Depuis que j'ai mis les pieds sur cette île, c'est du grand n'importe quoi. Je ne comprends pas vraiment ce qu'il s'y passe. Merde... mon thé est froid !

En arrivant dans la cuisine pour le réchauffer, j'aperçois le monticule de bouteilles en verre alignées sur le plan de travail. On doit aller les jeter depuis deux jours dans le conteneur, spécialement prévu à cet effet, qui se trouve non loin de l'église. Je me dis qu'après tout une petite balade nocturne ne me fera pas de mal ; de toute façon, je tourne en rond. Je mets tout le verre dans un sac et me décide à réaliser un geste écologique et bon pour notre planète. Les photos, ma mère, le discours confus d'Andria, ma tante Isabelle qui m'a enfin répondu et veut que l'on se voie à mon retour, c'est vraiment très étrange.

La place de l'église est éclairée, un petit groupe d'hommes joue aux boules. Je m'approche sans les déranger et accomplis ma petite B.A. écolo. Mais a priori, je ne dois pas être discrète, car j'entends :

— Ce n'est pas bientôt fini, ce bordel ?

— Désolée, messieurs. Je leur fais un signe de la main en signe de paix.

Je me fais petite, mais impossible de faire moins de bruit. C'est un vrai concert de verre, je remarque que les bières sonnent plus aiguës que les bouteilles de rosé ! Je vois une ombre s'approcher de moi, je me retourne brusquement.

— Ah, c'est vous !

— Oui, c'est moi.

— Remise de vos émotions ?

— Oui, capitaine, je vais mieux, merci.

— Vous pouvez m'appeler Lucca.

— Je m'appelle Lalie, dis-je en lui tendant la main.

Il ne me tend pas la sienne et se retourne, car une voix lointaine annonce :

— Hey, Lucca, c'est à ton tour de jouer, tu viens ?

— Je crois qu'on vous attend !

— Vous voulez faire une partie ?

Je ne sais absolument pas pourquoi j'accepterais, je ne sais pas jouer et ce monsieur n'est pas forcément de bonne compagnie. Il reste planté là, à me dévisager. Je ne sais pas comment agir, les secondes qui passent sont longues. Comment faire ? Quoi dire ? Par où commencer ? Dans la pénombre, un autre homme arrive... Dois-je avoir peur ? Mon cœur bat un peu trop vite à mon goût. Mais je le reconnais, c'est Andria, ouf, j'arrête mon apnée, je respire et soupire, je suis un peu rassurée.

— Lulu, on t'attend là, tu...

Andria ne finit pas sa phrase, il me regarde, regarde son

ami, puis me regarde à nouveau…

— Bonsoir, Lalie…

— Bonsoir, Andria… Je ne loge pas très loin avec mes amies, elles sont couchées, et moi, je n'arrivais pas à dormir parce que… puis j'ai vu les bouteilles, désolée, je ne sais pas pourquoi je vous raconte ma vie… Le capitaine, enfin, M. Lucca m'a proposé de venir jouer avec vous, mais je vais devoir décliner l'invitation.

— Lalie, je vous présente Lucca Agostini. Lucca, je te présente Lalie.

Andria insiste sur ce nom Agostini, comme si cette information était importante.

— Andi, je la connais, elle était sur mon bateau tout à l'heure ! Et nous sommes voisins, avec sa bruyante bande de copines…

— Lucca, tu te souviens de notre conversation ?

Lucca se fige à nouveau et me dévisage comme s'il avait vu un fantôme.

— Ah oui, OK, d'accord, répond-il, non sans une émotion dans la voix.

Lucca se retourne et va retrouver ses amis qui le rappellent à l'ordre. C'est à son tour de lancer la boule.

— Lalie, allez, restez, faites une petite partie avec nous.

Je promets juste de rester les regarder quelques minutes. Je m'assois sur un banc en attendant la fin de la partie. Maintenant que je suis là, que faire d'autre ? Je regarde jouer ces hommes d'âge mûr, je pourrais facilement être leur fille.

Pourquoi je pense à cela ? Pourquoi je pense à mon père à cet instant ? Perdue dans mes réflexions, je me souviens d'un détail sur l'étrange conversation que je viens d'avoir. Agostini, c'est le nom dont Lissandro m'a fait part, c'est un certain M. Agostini qui aurait financé et organisé les travaux de rénovation de la villa. Est-ce la même personne ? Ce serait une surprenante coïncidence !

Andria vient s'asseoir à mes côtés.

— Tout va bien ?

— Andria, je peux vous poser une question ?

— Oui, bien sûr.

— Hier, j'ai vu dans la cabine du bateau de Lucca la même photo que celle de la boîte à souvenirs que vous m'avez donnée. Lucca est-il le troisième homme sur cette photo ?

— Oui, nous formions avec ton oncle un trio infernal.

— Andria, ma mère et Lucca ont-ils eu une relation ?

— Tu n'avais pas dit « une question » ?

— S'il vous plaît.

— Lalie, je n'aurai peut-être pas toutes les réponses, tu sais.

— Ma mère et Lucca ont-ils eu une relation ?

— Oui, mais sache que ce n'était pas qu'un amour d'été, Solange et Lucca avaient une vraie relation sincère. Ils étaient très amoureux.

— Ils sont restés ensemble malgré la distance ? Ça a duré combien de temps ?

— Je crois que l'été 84 a été leur dernier été… Ensuite, nous n'avons plus revu Solange sur l'île. Tes grands-parents sont revenus en 1985, mais pas Solange.

— Pourquoi ?

— Lalie, je n'ai pas toutes les réponses à tes questions. Tu devrais les trouver en interrogeant les bonnes personnes.

— Je vais devoir y aller, Andria, il est tard et j'ai un vol dans la matinée pour rentrer chez moi !

— Votre séjour est déjà terminé ?
— Oui.
— Attends, j'appelle Lucca pour que tu le salues…
— Non, ce n'est pas la peine, je dois… je reviendrai très bientôt, Andria, et je compte découvrir toutes les réponses avant.

Chapitre 52
Solange
1984

Ma dernière soirée avec Lucca ne s'est pas vraiment passée comme je l'espérais. Enfin, surtout la seconde partie, car nos câlins sont de plus en plus magiques, Lucca me fait découvrir des sensations incroyables, j'en rougis rien que d'y repenser. Enlacée dans ses bras, j'ai voulu en connaître plus sur son entreprise. Je lui ai demandé de ne pas me prendre pour une idiote, je voulais tout savoir. Je lui ai dit que j'avais remarqué des choses étranges et que je souhaitais être mise au courant s'il se mettait en danger ou pas. Je lui ai raconté que mon grand-père et ses amis parlaient au bar d'un gang de trafiquants de drogue qui sévissait dans la région. Je ne sais pas comment ni pourquoi papi était aussi bien renseigné, mais j'ai longuement discuté avec lui le soir même.

Il m'a tout expliqué : le pavot est cultivé en Turquie, et quand il est arrivé à maturité, on en extrait l'opium, puis on le fait bouillir avec de la chaux pour obtenir de la morphine. Ensuite, celle-ci est expédiée en France pour que des chimistes la transforment en héroïne grâce à un procédé rigoureux, dangereux et malodorant. Je crois que c'est pour cela qu'il est aussi bien renseigné, car papi est chimiste ! Il travaille pour la Compagnie française des pétroles qui va bientôt s'appeler TOTAL, mais ce changement de nom est encore secret. Puis l'héroïne est envoyée aux gangsters corses, qui après avoir prélevé une part du butin, pour la revente sur l'île – une histoire d'offre et demande avec les touristes qui affluent de plus en plus – font traverser le reste de la marchandise de l'Atlantique jusqu'aux États-Unis, dissimulée par tous les moyens possibles et imaginables.

Lucca n'a rien affirmé ni démenti. Mais il avait l'air vraiment étonné que je sois si bien renseignée. J'ai pu lire une petite crainte dans ses yeux. Il ne pense tout de même pas que je pourrais le dénoncer ? Je suis déçue qu'il n'ait pas assez confiance en moi pour tout me dire. Moi, je lui donne tout et sans retenue. Je suis à sa disposition et réponds toujours présente pour lui. Les livraisons, les colis, l'argent, tout corrobore mes dires. Je ne sais pas comment j'aurais réagi s'il avait confirmé mes explications.

Je reprends le bateau dans quelques heures et je ne sais pas de quoi sera fait notre avenir, si nous ne pouvons pas avoir confiance l'un envers l'autre. Qu'adviendra-t-il de nous avec la distance ? Je me posais la même question l'an passé, mais cette année notre relation a évolué, nous avons vraiment franchi un cap.

Chapitre 53
Vanessa

Je me lève encore à moitié endormie, je me fais chauffer une tasse de thé, j'appuie sur le bouton afin d'ouvrir les volets roulants de la grande baie vitrée du salon pour prendre une dernière fois en photo avec mes yeux la magnifique vue sur la baie de Porticcio, et ainsi l'inscrire dans ma mémoire. Je m'affale dans le canapé, aussi élégamment qu'une baleine qui s'échoue sur la plage !

— Aaahh !!!

— Mais qu'est-ce que tu fous sur le canap, Lalie ?

— Oh ! longue soirée, longue insomnie, je ne voulais pas faire de bruit, et finalement j'ai sombré ici !

Margaux et Charlotte nous rejoignent. Elles ont une drôle de tête.

— Ce sont nos dernières heures ici, dis-je. Je ne sais pas vous, mais moi, je suis un peu, comment dire, je ne trouve pas le bon mot.

— Mélancolique ? propose Charlotte.

— Oui, mais j'ai aussi hâte de retrouver mes trois loulous qui me manquent. Tom et Eden ont hâte que je rentre, ils en ont marre de manger des pâtes, mais Adèle refuse de me parler depuis deux jours, je suis certaine qu'elle va me faire payer ce petit séjour loin d'elle.

— Pareil pour moi, ajoute Margaux. J'appréhende un peu mes retrouvailles avec Malik. Je n'ai eu que peu de nouvelles depuis mon départ. Je le sais très occupé avec son travail et il a dû prêter également main-forte à la boutique. Il n'a pas voulu que je le sache, mais il y a eu un problème de livraison de fleurs, alors qu'on est fermé, et il s'en est chargé sans m'en parler. J'ai reçu des mails mais ils ont disparu ! Capucine m'a dit que c'était un secret, que papa voulait que je sois vraiment en vacances. Que j'ai vraiment besoin de repos. Je crois que je vais devoir lui avouer pour Jonas !

— Pourquoi ? je l'interroge. Nous n'avions pas dit que tout ce qu'il se passerait en Corse resterait en Corse ?

— Et toi ? Il faudra bien que tu parles avec Théo ! Je n'ai pas peur d'avouer à mon mari un moment d'égarement sans conséquence ! Un simple smack était « un moment d'égarement » ! reprend Margaux.

— Alors pourquoi voudrais-tu mettre en péril votre couple ? Sérieusement, nous étions là, il ne s'est rien passé. Il n'y a pas eu de tromperie, mais un au revoir sur ce qui à la longue aurait pu effectivement mettre un terme à votre histoire.

— D'accord, peut-être, je verrais au moment voulu, mais toi, Vanessa, avec Théo ? Comment vas-tu ? Réellement !

— Je me promène toujours avec des couches, mais ça va et j'ai hâte de voir ma sage-femme.

— Et ? insiste Charlotte suspendue à mes lèvres.

— J'ai hâte de rentrer retrouver les bras rassurants de mon mari, je ne sais pas vraiment comment il va réagir quand je lui dirai que toutes ses inquiétudes liées à la grossesse peuvent s'envoler. Et finalement, les miennes aussi.

— Et toi, Lalie, tu ne dis rien ? demande Charlotte.

— Toi d'abord, Cha !

— Je resterais bien ici quelques jours de plus, au bout du compte, la balle est dans le camp de Maxime. Moi, je sais ce que je ne veux plus en tout cas. Alors on verra bien en rentrant, mais j'ai de gros doutes, car c'est toujours silence radio de son côté. Et toi, Lalie ?

— Moi ? Je crois que l'on me cache quelque chose sur ma mère, sur moi, sur ma véritable histoire. J'ai beau retourner les choses dans tous les sens, je crois que mon père n'est pas mon père. Tout du moins, pas le biologique !

Chapitre 54
Solange
1984

Quand je suis rentrée à la maison après l'été, mes règles ne sont pas revenues. Je n'ai rien dit et je ne me suis pas inquiétée le premier mois ni le deuxième d'ailleurs, j'étais encore sur mon petit nuage. Et puis les cours avaient repris, je me concentrais sur le bac, mais j'étais tellement fatiguée que j'avais du mal à suivre, surtout après le déjeuner, je pensais que c'était dû au manque de soleil. C'est quand mes seins se sont transformés, qu'ils ne rentraient plus dans mes soutiens-gorge et qu'une douleur constante est apparue que tout cela est devenu inéluctable.

J'ai attendu que M. Letelec, le médecin de famille, vienne à la maison pour sa visite mensuelle. Mon père étant diabétique, il a un suivi régulier, et une mauvaise blessure l'inquiète, le docteur a prescrit des soins journaliers par une infirmière pour soigner sa plaie… Sur le pas de la porte, j'ai rapidement évoqué mes doutes avec lui. Il m'a prise fermement par le bras et nous sommes retournés dans la maison. J'avais peur, j'ai cru qu'il allait tout raconter, il connaît ma famille depuis tellement d'années, mais il a prétexté qu'il ne me trouvait pas en forme, une possible carence en fer. Docteur Letelec a averti mes parents que je devais faire une prise de sang, rapidement. Le lendemain, je me suis rendue au laboratoire juste avant d'aller en cours. Je n'avais plus vraiment de doute quant au résultat.

Malheureusement, mes parents ont eu la confirmation avant moi. Les documents ont été envoyés à notre domicile, n'étant pas encore majeure, le courrier est parvenu au nom de mon père. J'avais vu l'enveloppe dans l'entrée, avec le logo du laboratoire, je voulais l'ouvrir quand tout le monde serait couché. Mon prénom n'étant pas mentionné, il ne pouvait absolument pas se douter qu'il s'agissait de moi, mais l'affaire a fait grand bruit au sein de notre famille, même si mes parents réglaient toujours leurs différends quand leurs enfants étaient couchés. Un soir, le ton est monté un peu plus haut. Mon père a fait redescendre ma sœur de sa chambre, il l'a d'abord incriminée, elle s'est défendue bec et ongles avant de remonter en pleurs. Il accueillait difficilement la nouvelle et cherchait la coupable, sans un seul instant penser à moi. Le ton est monté quand mon père a accusé ma mère d'avoir un amant. Elle a nié et évoqué une erreur de la part du laboratoire. Une autre famille porte le même nom que nous dans la rue. C'est ce soir-là que j'ai compris. J'avais effectivement besoin de fer et j'étais bien enceinte, le taux de Beta-HCG dépassait le plafond.

J'étais débordée par la situation et mal à l'aise, ma sœur avait reçu une sacrée leçon qu'elle n'oublierait jamais, et ma mère avait perdu la confiance de mon père. Cela dit, le soufflé est retombé au bout de quelques jours, mon père s'était excusé. Je voulais d'abord en parler à Lucca avant de dire la vérité. Mais je n'ai pu cacher mon état bien longtemps, la fatigue était bien présente et je pouvais m'endormir n'importe où, et surtout Isabelle m'a entendu plusieurs fois lors de mes nausées matinales. Elle a cru bien faire en racontant mon mal-être à mes parents, n'imaginant pas une seconde que son aveu allait faire rejaillir l'histoire du résultat de la prise de sang positif. Il s'en est suivi la discussion la plus désagréable de ma vie avec eux. Je ne souhaitais surtout pas révéler l'identité du père, car on s'était déjà disputés quand ils avaient su que j'avais passé le reste de l'été avec Andria et Lucca. Les fils de la famille Agostini avaient très mauvaise réputation sur l'île et ils ne souhaitent en aucun cas y être associés. Je suis certaine que mon grand-père a discuté avec mon père du développement grandissant des gangs. Sous la pression, j'ai dû avouer. Mon père est devenu fou, ma mère ne disait rien, mais son iris était devenu de plus en plus grand et de plus en plus noir et ma sœur m'en voulait.

J'ai passé une échographie, le médecin a annoncé que j'étais enceinte de quatorze semaines. J'ai entendu pour la première fois son petit cœur. Il était bien sûr trop tard pour faire quoi que ce soit. Et de toute manière, je souhaitais réellement garder cet enfant. L'enfant de l'amour. Je n'ai pas pu avertir Lucca. J'étais constamment sous surveillance. Je prévoyais sans autorisation aucune de me rendre en Corse le plus rapidement possible.

Mes parents, eux, prévoyaient tout autre chose pour moi.

Chapitre 55
Vanessa

Comme des petits rats, non pas d'opéra, mais du logis, nous avons effectué un ballet coordonné et organisé du rangement du logement. Chacune a sa tâche ; la villa est louée la semaine prochaine et nous devons laisser l'endroit aussi propre que nous l'avons trouvé. Lalie a décidé de continuer avec l'agence immobilière de Lissandro, enfin pour le moment. Ils se sont revus et elle a signé un nouveau contrat. Il a semé une petite graine dans sa tête, concernant la réfection de la dépendance pour augmenter la capacité de ses revenus locatifs. Il a parfaitement compris comment Lalie fonctionnait, et quand elle reviendra vers lui, quand la petite graine aura germé, elle sera persuadée que c'est de son propre chef et qu'elle a eu une super idée. Bien vu, l'artiste ! Il a beau être un poil macho, il semble professionnel et il sait de quoi il parle.

C'est presque silencieuses que nous rejoignons l'aéroport de Figari. Notre vol est retardé, mais nous avons déjà passé les contrôles, nous sommes donc bloquées dans cet entre-deux. Le hall d'embarquement n'est pas très grand et avec beaucoup moins de distraction qu'à Beauvais. Lalie rumine donc à voix haute, nous avons beau la rassurer sur ses doutes, rien n'y fait. C'est quand même surprenant cette histoire. Mais cela répondrait à beaucoup de questions concernant sa relation, ou plutôt le manque de relation avec son père. Depuis toujours, ça la pèse, surtout quand elle nous voit avec nos pères respectifs, je sais qu'elle nous envie. J'ai conscience qu'il existe des secrets de famille, mais qui aurait pensé que l'une d'entre nous serait concernée par un aussi gros ?

J'espère que Lalie trouvera rapidement les réponses à tout ça. En tout cas, moi, je prie pour que notre avion arrive bientôt, je ne voudrais absolument pas rater mon rendez-vous avec la sage-femme, je veux être rapidement rassurée qu'il n'y ait pas de complications, car je trouve que je saigne encore pas mal. Un dernier petit tour aux toilettes et je pense que c'est bon pour notre vol, je vois l'ensemble des voyageurs se rapprocher de l'embarcation. J'espère que Margaux ne sera pas à nouveau prise de panique, je la vois encore il y a quelques jours faire le petit chien, à mourir de rire. Je crois que je suis assise à côté d'elle, je vais lui tenir la main fermement pour qu'elle se sente en sécurité.

Chapitre 56
Solange
1984

Ce soir nous fêtons les vingt ans d'Isabelle, je n'ai vraiment pas le cœur à la fête. Mes parents ont compris mon manège et ont caché ma pièce d'identité, je ne peux donc prendre aucun transport pour retourner en Corse. Comme une bouteille à la mer, j'ai réussi à envoyer une dernière lettre à Lucca lui annonçant la nouvelle, mes peurs, mes doutes et mon désarroi. Je lui demande de venir me chercher. J'attends impatiemment une réponse qui ne vient pas et une visite qui ne se fait pas. Mon père surveille tous mes faits et gestes, je ne serais pas surprise qu'il contrôle l'arrivée du facteur comme le lait sur le feu.

Mes parents parlent d'adoption ou de me trouver un mari, quelqu'un qui acceptera la situation. Je suis perdue. Ils ne peuvent pas me renier parce que j'attends un enfant ! Ils ne vont pas me jeter à la rue, cela ferait vraiment mauvais genre. Physiquement, cela ne se voit pas encore. Alors, la deuxième hypothèse est la plus concevable pour eux. Ce soir, ils ont convié leurs amis, surtout ceux avec des fils en âge de se marier et qui ne sont pas encore fiancés.

Cette soirée a donc un enjeu secret !

Chapitre 57
Margaux

J'attends impatiemment devant les grilles de l'école, en me demandant depuis combien de temps je ne suis pas venue chercher mes enfants ici. Ils m'ont réellement manqué durant ces quelques jours. J'aperçois Capucine au fond de la cour, elle a tellement grandi, à moins que ce soit mon imagination ! Elle me voit et court dans mes bras. Elle me serre aussi fort que possible avec ses petits bras. Mon cœur de maman se serre. Sur le chemin, nous croisons un groupe de garçons sortant du collège, je distingue mon ado rebelle à la crinière bouclée, j'hésite à l'interpeller, je ne veux pas lui faire honte, Capucine n'a pas pu s'en empêcher. Il fait volte-face et court dans notre direction. Mon cœur de maman se serre une nouvelle fois.

J'ai raté beaucoup de moments importants, peut-être insignifiants pour un adulte, mais pas pour eux, comme une sortie scolaire, un carnaval, un repas dominical chez les grands-parents, tout cela à cause de mon ambition professionnelle et le fait de vouloir à tout prix me mettre à mon compte en tant que fleuriste, et réussir. Finalement, ma plus belle réussite, ce sont eux.

Mes petits bouts ne m'ont d'abord pas vue, puis ils m'ont littéralement sauté dans les bras, notre câlin a duré plusieurs secondes, où j'ai pu sniffer leur odeur avec délectation, elle m'avait manqué. Nous rentrons à pied, ils me posent tout un tas de questions sur mes vacances. Ils me trouvent belle et bronzée, il est vrai que les cernes qui avaient pris place sous mes yeux ont disparu.

Malik arrive avec un magnifique bouquet de fleurs, même si c'est mon métier, quoi que l'on pense, j'aime aussi en recevoir. Ses yeux se posent sur moi et j'y vois toute la flamme de l'amour qu'il a pour moi, j'ai presque honte d'avoir cru que celle-ci était en train de s'éteindre. Il s'approche et m'embrasse tendrement, un baiser chaste, doux et timide, comme s'il savait que tout se jouait maintenant comme un nouveau départ.

Chapitre 58
Charlotte

Je reste là, figée devant la porte, je ne dis même pas ma maison, car je ne me sens pas chez moi ici. Nous en avions visité quelques-unes et ce n'était pas mon coup de cœur, c'était un compromis, un choix raisonnable comme toutes les choses que j'ai faites ces quinze dernières années. Je n'ai plus envie d'être raisonnée ni raisonnable, j'ai envie d'imprévus et de passion.

Finalement, je tourne la clef et entre, c'est le choc, on a été cambriolés ! À moins qu'une tornade soit passée uniquement dans cette maison ! Je n'y crois pas, c'est un vrai foutoir ici ! J'avais pourtant laissé cet endroit aussi propre qu'une maison témoin. Je retrouve mes préados avachis sur le canapé jouant à la PlayStation, un casque sur les oreilles ; je me poste devant eux, ils bondissent pour me faire un câlin. Je suis rassurée, j'ai vraiment dû leur manquer, cela fait bien longtemps que je n'ai plus de câlinous volontaires de leur part et qui durent plus de trois secondes. C'est à marquer d'une croix rouge sur le calendrier.

Je m'assois avec eux, nous discutons pendant plus d'une heure. Ils me racontent leur semaine, je crois comprendre qu'Hippolyte a une petite copine, et Edgar se moque bien de lui. Lui me certifie que c'est nul, les filles, oh, mon Edgar ! Je lui dis que son tour viendra, pas forcément avec une fille, mais quand il rencontrera la personne qui fera battre son cœur un peu plus fort, il comprendra.

Je suis ensuite surprise par les garçons qui me retournent la question :

— Et toi, ton cœur bat toujours aussi fort pour papa ?

Je leur réponds très sincèrement que parfois, avec le temps, le cœur retrouve un rythme normal, mais qu'il faut un peu de magie, de sollicitation, de volonté pour qu'il se remette à battre plus fort. Mais que parfois, il ne repart pas, et ce n'est pas notre faute. Ni à l'un ni à l'autre. Il faut être deux pour le vouloir. Je leur explique que je ne connais pas vraiment la suite, mais que mon cœur bat bien fort pour eux en tout cas.

Chapitre 59

Groupe WhatsApp : Les Bichettes

Charlotte : @Vanessa, tu es à l'heure ?
Margaux : Tu nous tiens au courant, surtout…
Vanessa : Tout pile, je viens de garer la voiture. Promis, je vous tiens au courant.
Lalie : Quant à moi, il me reste deux jours pour découvrir toute la vérité. Mamie-Line et maman n'étant plus de ce monde, je n'ai d'autres choix que d'aller parler à ma tante. J'irai voir mon père ensuite. S'il a gardé le silence tout ce temps, c'est qu'il y a une raison, je dois trouver des preuves irréfutables pour qu'il accepte enfin de tout me dire.
Charlotte : Je comprends que tu veuilles absolument savoir, rester dans le doute est certes insupportable, mais es-tu prête à tout entendre ?
Lalie : J'ai cherché pendant des années pourquoi et comment ma relation avec mon père s'est autant distendue, toutes ses incompréhensions, ce sentiment d'abandon, j'ai besoin de savoir. Pour lui, pour moi…
Margaux : Tu es toujours allée au bout des choses, pourquoi cela changerait aujourd'hui ? Je crois en toi, en ta force. Quoi qu'il arrive, quoi qu'il se passe, tu sauras rebondir, ma bichette.

Chapitre 60
Vanessa

J'arrive devant le cabinet de ma sage-femme, quelle surprise de découvrir Théo sur le pas de la porte ! Il vient à ma rencontre et m'enlace.

— Vanessa, tu m'as manqué.
— Mais, comment as-tu su ?
— L'agenda de ton téléphone est partagé avec la tablette de la maison, tu ne te souviens plus ?
— Tu m'espionnes ?
— Non ! Je m'inquiète. Je crois que je n'ai pas réagi comme il fallait, je n'ai pas trouvé les mots qu'il fallait.
— Allez viens, on va être en retard.

Une fois que nous nous sommes présentés à la secrétaire, nous nous installons en salle d'attente. Théo, assis à côté de moi, pose sa main sur ma cuisse, il me regarde dans les yeux. Je fonds, je l'aime et peu importe sa maladresse, je sais qu'il sera toujours là pour moi.

— Théo, je ne t'ai rien dit, mais je crois que j'ai perdu le bébé !
— Oh !

Je lui explique ce que j'ai vécu ces derniers jours, son visage se décompose. Sa main serre plus fort ma cuisse. Il ne dit plus rien. C'est notre tour.

Après une auscultation minutieuse, la sage-femme confirme qu'il n'y a plus d'œuf fécondé, mais qu'une poche reste visible, que les saignements doivent s'estomper. Théo respire maladroitement, un peu fort, je le regarde et souris, car finalement, c'est mieux ainsi. La sage-femme retourne dans l'autre pièce et nous laisse quelques minutes seuls. Théo me sourit à son tour et pose un baiser sur mon front. En un regard, avec un accord tacite et complice, nous sommes d'accord pour ne plus avoir d'enfant. Une fois que je suis rhabillée et assise au bureau de la soignante, nous entamons une conversation sur les différents moyens de contraception possibles, sachant que j'ai déjà testé à peu près tout. Je ne souhaite plus d'hormones ni de corps étranger. Il ne nous reste que deux choix : la ligature des trompes ou la vasectomie !

Théo grimace, je lui en propose une troisième : l'abstinence !

Chapitre 61
Lalie

À peine arrivée chez moi, je défais une valise pour en refaire une autre. Il me reste jusqu'à mercredi pour savoir ce qu'on me cache, je reprends le travail jeudi. Direction Bordeaux pour rejoindre ma tante, bien décidée à lui tirer les vers du nez. Isabelle est la dernière sur cette terre à avoir passé l'été 1984 avec ma mère. Benoit n'y était pas et il a quitté la maison familiale pour ses études à la rentrée qui a suivi.

Un an après le décès de ma mère, Perrine, la compagne de mon père, a pris toute la place, j'ai remarqué la transformation de ce dernier, il s'ouvrait, j'avais l'impression qu'il redécouvrait l'amour. Au fil de mes visites, j'ai vu les souvenirs de notre famille s'estomper puis disparaître, car finalement le nouveau couple a déménagé à plus de cent kilomètres et ils ont vendu la maison. Tout comme je l'ai fait chez ma grand-mère, je n'ai conservé que des albums photos. J'aurais aimé trouver un journal intime, des lettres, des carnets. En même temps, qui garde des choses venant de son adolescence ? Moi !

J'ai beau réfléchir, rien n'y fait, il manque des pièces au puzzle de ma vie. J'ai pourtant épluché toutes les affaires de ma mère, je n'ai rien découvert de compromettant, ou justement le fait de ne rien trouver est étrange. Quand j'ai libéré la chambre de Mamie-Line de ses effets personnels, une semaine seulement après son décès – car la chambre était attendue rapidement pour accueillir une nouvelle dame dépendante –, j'ai retrouvé principalement des photos. Le grand ménage avait déjà été fait par mon oncle et ma tante quand Mamie-Line est entrée dans cette résidence. J'espérais y trouver quelque chose, je ne sais pas vraiment quoi ! Mamie-Line est passée d'une maison avec trois chambres à un petit logement avec une seule pièce, ce ne fut donc pas chose facile. Le tri s'est fait principalement par la verticale direction la poubelle, puis la déchèterie. Elle n'a souhaité garder que quelques meubles, des vêtements et toutes ses photos souvenirs, diapositives, pellicules et films en VHS. J'ai récupéré quasiment tout le reste de ses affaires, maintenant que je sais quoi chercher, ce sera peut-être plus facile.

Sur la route, je me remémore ce que je sais : j'ai appris que Lucca a été le premier grand amour de ma mère, qu'ils vivaient secrètement leur idylle durant l'été 83, selon les dires de mon oncle, mais qu'ils ne se sont plus cachés l'été suivant, ma tante et Andria en ont été les témoins. Elle est rentrée fin août et n'y est plus retournée. On m'a toujours dit que mes parents s'étaient rencontrés lors du bal du 14 juillet 1984, qu'une danse avait suffi pour qu'ils tombent amoureux, et qu'à la suite de ce coup de foudre ils n'avaient pas souhaité attendre pour se marier. Et je suis née le 27 avril 1985.

Qui est ce « on » dans ma mémoire ? Je ne me souviens pas que ce soit ma mère ou mon père qui m'ait raconté cette histoire. Ce ne peut être que Mamie-Line ! Si Andria m'a dit la vérité et que ma mère a passé tout l'été 84 avec eux en Corse, ce conte de fées tombe à l'eau ! Comment ma mère pouvait être à deux endroits en même temps ? Et comment pouvait-elle être amoureuse de deux hommes en même temps ?

Je trouve que c'est déjà difficile de tomber amoureuse d'un seul homme, ou du moins d'être assez sûre de lui, de soi-même, pour décider que ce sera lui pour le reste de sa vie !

Je veux en avoir le cœur net. Je dois savoir.

Finalement, les cinq heures de route qui me séparent de Bordeaux sont passées à une vitesse folle, j'ai essayé de rassembler tous mes souvenirs, bâti des hypothèses les plus abracadabrantes, rien n'y a fait, il ne peut y avoir qu'une vérité. Je gare la voiture devant la maison, j'enfile une veste, car l'été n'est pas encore installé en France (ou bien mon corps s'est habitué à la chaleur de l'Île de Beauté). Un frisson me parcourt le dos. À moins que ce soit la peur d'apprendre que l'on m'a toujours menti !

Je frappe, Isabelle m'ouvre.

— Lalie ! Je ne t'attendais pas aussi tôt ! Même si nos messages laissaient entendre qu'on allait bientôt se voir… je pensais que tu ne viendrais pas avant ce week-end.

— Il faut qu'on parle !

— Maintenant, là sur le pas de la porte, ou à l'intérieur ?

Belle entrée en matière, je crois que j'ai été un peu sèche avec ma tante. J'ai des palpitations, je n'aime pas être comme ça. Elle me fait entrer, me propose de déposer mes affaires dans une chambre et de me reprendre un instant. Elle a conscience de la pression qui repose sur ses épaules.

Nous nous installons sous la pergola de la terrasse, elle me sert un verre de thé glacé. Elle boit plusieurs gorgées, je ne tiens plus, elle me regarde dans les yeux.

— Lalie, ma chérie, ce n'est pas facile pour moi d'endosser ce rôle, j'en veux à Solange et à maman à cet instant précis. À sa mort, j'ai tout de suite compris que cette tâche m'incomberait, surtout avec la révélation du testament et le fait que tu hérites de la villa. Quand tu m'as annoncé que tu partais en Corse la semaine suivante, j'ai réellement commencé à avoir peur, j'ai cherché comment te le dire, et puis tu m'as envoyé les photos. Ce sont mes plus beaux et les derniers souvenirs heureux avec ta mère, ma sœur. Après, nous nous sommes comme perdues. Quand tu m'as dit avoir rencontré Andria, j'ai paniqué, je savais que je devais tout te dire avant qu'il ne le fasse, ne sachant pas s'il allait le faire.

— Il ne m'a rien dit ! Enfin, pas ce que je voulais entendre. En même temps je ne sais pas… ce que j'ai à savoir !

— D'accord.

— Tata, s'il te plaît. Je n'en peux plus, je veux savoir. J'ai de gros doutes maintenant. Est-ce que Lucca est mon père biologique ?

— Oui, ma belle. Lucca est bien ton père, dit-elle en me caressant la main.

— Et Papa, enfin Serge ?

— Il aimait sincèrement ta mère, mais il a été trompé sur la situation, enfin surtout au départ, et quand il a découvert que Solange était enceinte, ou qu'il a su, il était trop tard pour annuler le mariage.

— Il a assumé !

— C'est ça. Il a accepté la situation, je ne pourrais pas te dire ce qu'il s'est passé entre eux. Ils ont comme qui dirait conclu un accord.

— Et Maman, l'a-t-elle aimé ? Tu es sa sœur, tu dois bien le savoir ? Est-ce qu'elle était heureuse ? Mes souvenirs se figent uniquement sur les bons moments.

— On peut dire que ta mère avait de la tendresse pour Serge, de l'affection, mais rien qui ne pouvait égaler ce qu'elle a pu vivre cet été-là avec Lucca. Et je pense qu'elle a toujours été nostalgique de cette relation, elle n'en a jamais fait le deuil.

— Pourquoi n'est-elle jamais retournée en Corse retrouver Lucca ?

— Comme je te l'ai dit, il semble qu'il y ait eu une sorte de contrat, un accord entre eux, et dans les termes de celui-ci, il se pourrait qu'ils aient décidé de ne jamais y retourner, et que ta mère ne prenne jamais contact avec Lucca. Ce qui paraît le plus logique.

— J'ai du mal à y croire.

— Je te rappelle qu'elle avait à peine dix-huit ans quand tu es née, elle était dépendante de son mari. Ce n'était pas vraiment la même époque qu'aujourd'hui, elle était femme au foyer et remplissait son rôle à la perfection. Je crois que finalement elle se sentait coupable. Tu étais la prunelle de ses yeux, elle t'a couvée, tu as grandi, poursuivi ton chemin et tu es partie de la maison. Puis il y a eu ce terrible accident qui lui a fait perdre la vie.

— Et Papa m'a abandonnée !

— Ce n'est pas si simple que cela, Lalie. Tu devrais parler à ton père.

— C'est inévitable, je crois bien.

— Et pourquoi Lucca n'est jamais venu en France, alors ?

— Lalie… tu m'en demandes beaucoup…

Je ne sais pas comment réagir avec toutes ces révélations, je ne sais pas si je suis soulagée de savoir ou si je suis encore plus embrouillée, avec de nouvelles interrogations. Je crois que j'ai assez torturé ma tante avec mon insistance à trouver des réponses, elle n'y est pour rien. Isabelle avait vingt ans à l'époque et toute sa vie à construire. La soirée s'est poursuivie au rythme des souvenirs, j'ai beaucoup pleuré, ma tante aussi, j'ai tenté d'appeler mon père, Serge. Il n'a pas décroché !

Chapitre 62

Groupe WhatsApp : Les Bichettes

Lalie : Blues du dimanche soir, je viens de rentrer chez moi !
Margaux : On est mardi !
Lalie : C'est pareil !
Vanessa : Et alors ?
Margaux : Et toi et alors ? Aucune nouvelle depuis lundi, je commençais à m'inquiéter.
Vanessa : Tout va bien ! Plus de bébé en vue !
Lalie : Ah ! bonne ou mauvaise nouvelle ?
Vanessa : Bonne.
Margaux : Parfait. Et donc, Lalie ?
Lalie : Lucca est mon père biologique.
Vanessa/Margaux : Oh putain !
Margaux : Et comment tu prends la nouvelle ?
Lalie : Je ne sais pas vraiment. Je suis à la fois soulagée de savoir, je comprends mieux l'attitude de mon père, et en même temps complètement perdue, me dire que ma vie est basée sur un mensonge, je me sens trahie, et je n'ai plus personne à qui en vouloir.
Vanessa : Oh, ma bichette, fais comme si je te prenais dans mes bras !
Margaux : Je t'envoie plein d'amour, tu sais que nous, on sera toujours là pour toi.
Lalie : Mais où est Charlotte ?
Vanessa : Je ne sais pas !
Charlotte : Je suis là, désolée... c'est plutôt mouvementé ici ! Je suis navrée, Lalie, et... si je t'avoue que j'avais compris et entendu ces choses, tu m'en

veux ?

Margaux : Chaudes retrouvailles ! Pour ma part, je crois que nous avons passé un cap, que cette séparation nous a fait du bien à tous.

Vanessa : Je te le confirme, une nouvelle lune de miel ici !

Lalie : Non, pas du tout. Ce n'était pas à toi de me le dire. Je comprends maintenant.

Charlotte : J'ai demandé le divorce !

Lalie/Vanessa/Charlotte : ENFIN !

Lalie : Ce n'était pas à moi de te le dire non plus, tu vois…

Vanessa : Merci, Lalie.

Lalie : Pourquoi ?

Margaux : Parce que, finalement, c'est grâce à toi tout ça… Cette folie, ce voyage, il a changé nos vies et renforcé nos liens.

Vanessa : Faites-moi la promesse qu'on recommencera.

Lalie : Vendu, et chaque année, si vous le voulez.

Charlotte : Je crois qu'on peut toutes dire que, finalement, c'était mieux après.

Chapitre 63
Lalie

J'ai repris le travail avec difficulté, je n'y suis vraiment pas. Ce sont les montagnes russes, mon moral est en dents de scie, ce qui est normal, surtout quand tu apprends que ton père n'est pas ton père ! J'ai encore du mal avec ça.

J'ai pris mon courage à deux mains et me suis pointée chez lui, le week-end suivant. Mon père, celui qui m'a élevée, car malgré tout, ça restera toujours mon père. J'ai été accueillie par la mine déconfite de mon adorable belle-mère ! Je n'avais pas prévenu et cela ne lui a pas plu. En revanche, ma visite surprise a fait plaisir à mon père. Je l'ai trouvé chaleureux, comme s'il attendait ma venue. Je suis persuadée qu'Isabelle l'a mis au courant, non pas pour accorder leurs violons et me donner la même version de l'histoire, mais pour lui dire que je savais et que j'avais encore beaucoup de questions, auxquelles lui seul pouvait répondre.

J'ai appris que mes parents s'étaient rencontrés le soir des vingt ans d'Isabelle, soirée à laquelle Serge ne souhaitait pas se rendre, contrarié à l'idée d'aller à une soirée où sa mère voudrait encore le marier. Un « *date* » organisé ! Une chasse à la bru ! Même si, dans les faits, c'est ce qu'il s'est passé, la différence est que mon père est vraiment tombé sous le charme de ma mère. Ils n'ont eu que deux rencards avant que les noces soient organisées à la hâte par les mères respectives. Deux jours avant la cérémonie, Solange lui a tout avoué. Confidence pour confidence, Serge lui a également révélé qu'une maladie infantile, les oreillons, attrapée l'année d'avant, l'avait rendu, sans certitudes, stérile, mais que seul l'avenir le dirait. Mon père était donc heureux d'apprendre qu'il aurait un enfant, même s'il n'était pas le père biologique. Il savait que ma mère était encore très amoureuse de Lucca, mais qu'avec le temps cela changerait peut-être. Leur mariage était donc un compromis pour l'un comme pour l'autre. Avec les années et la tendresse, mon père m'assure que l'amour s'est installé.

FIN

Épilogue

Groupe WhatsApp : Les Bichettes
1 an plus tard

Lalie : J'ai vraiment hâte de vous voir, mes bichettes !
Vanessa : Je suis dans les *starting-blocks*… ma valise est prête !
Charlotte : Je dépose les jum's chez leur père ce soir, et après je m'occupe de la mienne.
Lalie : D'ailleurs, c'est Lissandro qui viendra vous chercher à l'aéroport de Figari, j'ai des hôtes à accueillir.
Vanessa : Lissandro, le retour !
Lalie : C'est bon, on ne commence pas ! On travaille ensemble, c'est tout.
Margaux : Je ferme le rideau et je fais la mienne. C'est un peu la course ici.
Charlotte : Tu n'as plus les mêmes soucis que nous, à vivre au soleil, Lalie, tu ne peux pas comprendre.
Lalie : Jalouse… Je n'y suis que depuis deux mois et c'est vrai que la vie s'y écoule doucement. Lucca a eu la gentillesse de m'accueillir chez lui quelque temps. Les travaux de la dépendance sont enfin terminés, nous serons les premières à y dormir.
Margaux : Vous avez pu rattraper le temps perdu ?
Lalie : Rien ne peut être vraiment rattrapé… Il est encore très secret sur son passé et son histoire avec ma mère, mais je suis sûre qu'au fil du temps il s'ouvrira… J'ai su, par Andria, qu'ils avaient été arrêtés l'année de ma naissance et emprisonnés. Ce qui explique beaucoup de choses !

Vanessa : La garde alternée est enfin en place, Cha ?
Charlotte : Oui, à défaut de vouloir me verser une pension alimentaire, il préfère une garde alternée, heureusement que les garçons sont autonomes. Et j'ai enfin reçu les papiers du divorce ce matin !
Margaux : Apéro !
Vanessa : Remarque, j'aimerais bien n'avoir mes enfants qu'une semaine sur deux en ce moment !
Lalie : On dirait que cette semaine tombe à pic !

Remerciements

Dans chaque histoire, il y a du vrai, une partie de moi ! Que je vous dévoile Alors oui, avec mes bichettes, j'ai quitté le temps d'une semaine mari et enfants pour découvrir cette île qui porte si bien le nom d'Île de Beauté : la Corse. Je remercie donc mes bichettes Aurélie, Élodie et Laurine pour cette belle semaine. Ce moment suspendu, nous à fait un bien fou Nous nous sommes fait la promesse de recommencer tous les deux ans. Notre prochaine destination sera : Marrakech… pile au moment de la sortie de ce quatrième roman !

Cette histoire est bien une fiction, nous n'avons pas vécu autant d'aventures qu'elles, sauf celle du bateau et de la traversée vers Bonifacio ! Je n'en dirai pas plus, car si vous êtes comme moi et que vous commencez votre lecture par les remerciements, vous n'aurez plus aucune surprise.

Élodie, Marie, Margaux et Valérie, mes adorables bêta-lectrices, ont vécu l'aventure des bichettes avec curiosité, sérieux, impatience et amusement. Merci à elles pour leur investissement et leurs commentaires toujours justes.

Merci à Carlotilu, la talentueuse illustratrice, qui a su donner vie aux bichettes et créer cette couverture incroyable, ainsi que de superbe illustration. J'ai adoré travailler en totale connexion avec elle. La couverture est magnifque ! Oui, je me répète.

Merci à l'équipe de correctrices (Amélie Grataloup, Maryline Marnas et Véronique Bouyenval) qui a su traquer les moindres fautes, répétitions et coquilles que j'ai laissées çà et là, prise dans l'emballement de mon histoire, mes petits doigts tapant frénétiquement sur le clavier. Mes petites fées, je ne vous remerciaient jamais assez pour votre travail.

Mes derniers remerciements sont pour vous, lecteur.rice.s, merci de me soutenir et d'être au rendez-vous pour ce quatrième roman. Vos retours, vos messages, vos étoiles et vos commentaires gonflent mon cœur de bonheur. Alors, n'hésitez pas à partager votre avis sur cette histoire. On reste en contact sur mon Facebook (Anne-Sophie Loriot Auteure) ou sur Insta (annesophieloriot). Vous pouvez avec grand plaisir me contacter également par mail :

annesophieloriot.auteure@gmail.com

Printed by Amazon Italia Logistica S.r.l.
Torrazza Piemonte (TO), Italy